Claros sussurros de celestes ventos

Joel Rufino dos Santos

Claros sussurros de celestes ventos

Rio de Janeiro | 2012

Copyright © Joel Rufino dos Santos, 2012.
Representado por AMS Agenciamento Artístico,
Cultural e Literário Ltda.

Capa: Humberto Nunes

Foto de capa: www.sxc.hu

Editoração: FA Studio

Texto revisado segundo o novo
Acordo Ortográfico da Língua Portuguesa

2012
Impresso no Brasil
Printed in Brazil

Cip-Brasil. Catalogação na fonte
Sindicato Nacional dos Editores de Livros. RJ

S235c	Santos, Joel Rufino dos, 1941- Claros sussurros de celestes ventos / Joel Rufino dos Santos — Rio de Janeiro: Bertrand Brasil, 2012. 182p.: 23 cm
	ISBN 978-85-286-1601-9 1. Romance brasileiro. I. Título.
12-4494	CDD: 869.93 CDU: 821.134.3(81)-3

Todos os direitos reservados pela:
EDITORA BERTRAND BRASIL LTDA.
Rua Argentina, 171 — 2º andar — São Cristóvão
20921-380 — Rio de Janeiro — RJ
Tel.: (0xx21) 2585-2070 — Fax: (0xx21) 2585-2087

Não é permitida a reprodução total ou parcial desta obra, por
quaisquer meios, sem a prévia autorização por escrito da Editora.

Atendimento e venda direta ao leitor:
mdireto@record.com.br ou (0xx21) 2585-2002

Para Milton Gonçalves

Sumário

O visitante numa tarde chuvosa   11

Flores vagas de amores vãos   28

O fabricador de diamantes   48

Claros sussurros de celestes ventos   71

Oblivium   95

A fugitiva   109

A coluna de nuvem   130

Esses moços, pobres moços   143

Os combatentes   169

Fim   178

O Emissário viaja, sem cansar, entre as duas pontas da Tiara Persa. Quer salvar a humanidade, para isso juntou todas as histórias num barraco da floresta. A Senhora dos Ventos descobriu o lugar, fez vento com a saia, as histórias se espalharam. O Emissário, com paciência, de novo as juntou, trancou o barraco com tramela digital, pôs uma tabuleta em cima da porta, "Aqui reside o Inútil do Viver". Organizou-as por arquivos, facilitando o trabalho dos escritores e adivinhos, que só precisam de memória para saber onde estão. As contadas nos estádios e as ao pé do ouvido, as para todos e as para um, as apimentadas e as dietéticas, as sonoras e as surdas, as de triste fim e as de repiende, as do louco, que se dizia Netuno, e as do maneta de Lepanto que as contou, as de bandido, como Giuliano, as de santo, como São Boaventura, as que se camuflam em índices nas bolsas e as que o fazem por gestos, na Serra do Roncador, as de La Fontaine, as inventadas, que se querem verdadeiras, e as verdadeiras, que assim se querem, as de jabutis, que são de índios, as de aranha, que são de africanos, as de sargaços, as dos sete mares, as de bosque, que são da Europa, todas as histórias, todas, sem esquecer nenhuma, as que foram contadas e as que serão, e até mesmo a história desta história, a que se passou em Dublin, no tempo de um dia, a que se passou em Macondo, no tempo de cem anos, a que se passou em Bagdá, no tempo de mil noites e mais uma, a do grumete Rodrigo de Triana que, por estar de castigo na gávea aquela madrugada, descobriu a América, abiscoitando um gibão de seda e dez mil maravedis, a do fon que inventou a forja, a do inspetor-geral, a do verdadeiro Jerônimo e a do herói do sertão, que dele só tem o nome, a de Dom João Ferreira-Quaderna, O Execrável, a do próprio Suassuna, a de Blimunda, a do senador Incitatus, que comia alfafa, a do pierrô contente, que foi tomar sorvete com amendoim, a da picareta que rachou a cabeça de Trotski, a que Marylin ouviu na noite em que se matou, a da mãe do torturado que se cansou de ouvi-la das autoridades competentes, a do que foi premiado com câncer na boca, por sexualizar os anjos, a do que foi punido com o prêmio Nobel, por dessexualizar os homens, a do cordeiro e a da besta, a da mulher-búfalo, no caminho do reino de Do, a de Pedro Cem, com cujo corpo a Justiça encontrou uma mochila e dentro dela um vintém e o letreiro ontem teve hoje não tem, a dos caranguejos com cara de samurai, que jazem no fundo do mar do Japão, a de Catharina von Schupp e a de Timóteo, a do médico e a da freira com rosto em V, que são uma, a de Afonso e a de João da Cruz, que também são uma, todas essas pela alta qualidade arquivadas em separado.

O VISITANTE NUMA TARDE CHUVOSA

1922, dia de Todos os Santos, começo da tarde

Afonso recusa o fígado acebolado com arroz que tanto aprecia. Daí a pouco, soam palmas. A chuva amainou, é agora fina, vaporosa, ao sabor do vento. O louco delira como vela que se apaga. Arlindo e Elisa prolongam o almoço na pequena mesa de pinho, vai ver roçam os pés. Evelina fuma encostada no batente, não podem reprimi-la o irmão nem o pai.

O visitante é um preto distinto, colarinho alto, gravata de seda, u'a mão repousa no castão da bengala, a outra segura uma pasta fina. Depois de levá-lo ao quarto de Afonso, correm espiar pela janela o carro que o trouxe. Não há nenhum.

Afonso interrompe a leitura e o convida a sentar. O visitante aponta com a bengala o colo do enfermo, amontoado de revistas e livros:

— Vejo que tens alguma coisa minha.

— Tenho tudo que publicou. Broquéis está na terceira prateleira da esquerda. Eu o respeito profundamente.

— Essa é uma confissão delicada de que não gosta. Eu, ao contrário, gosto de tudo o que tu escreves.

— Do que escrevi.

— Não, não, Afonso. Não tens nenhuma doença grave, produzirás ainda muito. Por exemplo, a história da escravidão no Brasil.

— Foi um sonho de moço, não tenho forças nem saber.

— Qual! E teu pai, como está?

— Nas últimas. Você não acha uma peça do destino o pai e o filho se acabando ao mesmo tempo?

O visitante dá uma palmada na coxa. Regula o sorriso:

— Afonso, Afonso!... Sempre me disseram que eras dengoso. Ainda vais me enterrar.

— A loucura de papai é vinte e quatro horas por dia.

— Sei o que é. Minha mulher também enlouqueceu.

— Consta que você a conheceu no cemitério.

— Não te fica bem a ironia.

— Desculpe.

O outro recolhe a bengala:

— Vou chegando. No teu caso, repouso é medicina. Adeus.

— Resquiescat in pace, quer dizer.

— Não, não, no teu estado repouso é medicina. Voltarei amanhã, adeus.

— João! — a voz de Afonso o detém na porta. — Há uma grande diferença entre nós. Tudo o que você quis na vida foi não ser o que é. Eu, ao contrário.

Afonso mergulha em lembranças. *Quem diria justo ele viesse me visitar. Eu era menino no Liceu de Miss Annie, quando o professor Frutuoso da Costa o apresentou. Faltou certa vez o Mânlio, que nos dava literatura, o Frutuoso o substituiu. Ao invés de continuar a matéria, avisou que leria um poeta, tirou da pasta uma brochura vagabunda, descansou o pincinê, abriu muito a boca mal talhada, encheu o peito, fungou, deu de braços, arregalou os olhos, "Ninguém sentiu o teu espasmo obscuro, ó ser humilde entre os humildes seres". No primeiro terceto largou o livro, acabou de cor. Frutuoso da Costa! Jornais e juízes o consultavam. Com tanto saber, sofria de estar ali, a tantos centavos por aula, fazendo recitar o regina, reginae, só publicou um livro, está ali na segunda prateleira, ao lado de* La vida de Lazarillo de Tormes. *Uma noite em que voltava de barca para Niterói, passou a uma senhora ao lado um bilhete com o nome e o endereço da irmã, parente que lhe restava, e, torcendo ainda mais aquela boca de chinês de lanterna, mergulhou na baía. Nunca lhe acharam o corpo. Anos depois, cruzei com uma moça no Passeio Público, fui reconhecido, "O senhor não é o Afonso, que foi aluno de titio?"*

1922, mesmo dia de manhã

Evelina dá mingau ao louco, velho e seco, colher por colher. Quando atravessa de novo a penumbra da sala, adivinha Arlindo deitado:

— Levanta, levanta, vai perder o trem.

— Não vou trabalhar.

— Pode-se saber por quê? É a chuva?

— Tenho medo que papai morra e você aqui sozinha.

Ela se enternece um momento com o irmão:

— O coração dele está tão fraquinho... Não sei como grita, como varia, como chama por mamãe, que morreu há trinta e cinco anos.

— Chama também por Nicanor.

— Nicanor nasceu e morreu.

Evelina se encosta no batente da cozinha, apoia uma perna na outra, o irmão senta no sofá desconjuntado, cabeça entre as mãos. A chuva é de molhar os ossos, branca, silenciosa, desce um riacho amarelo de cada lado da rua.

— Não me lembro de um Todos os Santos sem chuva.

— Faz favor de levar o chá de Afonso.

É bonito, embora não seja bonita, essa Evelina sentada assim à luz coada, cabelos em coque, busto chato, ombros direitos, dedos separando feijões, os olhos é que lhe saíram muito separados, as sobrancelhas unidas, tem quarenta anos, aparenta mais, mal de família, Arlindo mal chegou aos trinta, você lhe dá quarenta, Afonso completa quarenta e dois em maio, você lhe dá sessenta. Apura o ouvido para o louco. Quando menina, abiscoitou um prêmio para colegiais com *O noivado da montanha*, que história era esqueceu, em talento literário não podia se comparar a Afonso.

O louco viaja. *Bailando no ar gemia inquieto vaga-lume. É teu isso, minha filha, te roubaram, seja mulher, não seja boba, foste buscar o prêmio?, cadê Afonso, cadê Arlindo, e o primogênito Nicanor, tu és melhor que todos. Bailando no ar gemia inquieto vaga-lume, isso é teu, por que não reclamas, deixas que te passem a perna, foste sempre assim, no tempo do rei não roubavam versos,*

Nicanor não, é safo, e tua mãe, quéde tua mãe, hem, deixe que entre a chuva, já te pedi que não me enganes, manda amortizar o empréstimo que tomei pra te comprar a máquina, preto não pode dever. Diz a Afonso que pague já o armazém, quem é esse que bate aí, quem é, não me escondas, amanhã subindo os liberais estamos feitos, dize já a Nicanor que me vá pagar a hipoteca, queres nos ver sujos, desonrados, como ficaste besta depois que te traduzi para o francês Bailando no ar gemia inquieto vaga-lume, não sei como podem vaga-lumes gemer, só se as luzes são seus ais, abre, abre, abre essa janela que tens mais talento que Afonso, estão aí para te entregar o prêmio, vieram debaixo de chuva, dize a Nicanor que me vá à Corte pegar as cartas.

Mesmo dia, meio da tarde

Batem à porta dos fundos, com esse aguaceiro quem será. A visitante arria o guarda-chuva, Evelina a puxa para dentro, corre buscar uma toalha. Tem cerca de quarenta anos, parece imensa sacudindo braços e pernas, oferecendo os ombros para secar, se acomodando no banquinho, modos de égua normanda, de chacareira portuguesa, uma queixada feia, umas coxas divergentes que a envergonhavam quando moça, bom coração, não isenta de rancores e invejas, esse pé que coxeia foi um tiro do ex-noivo que a pegou num baile pré-carnavalesco, nada fazia esperar aquele desfecho, ele próprio a largara ao se formar dentista, levado à delegacia confessou não suportar a visão do acompanhante de Elisa com um chapeuzinho tirolês do seu antigo enxoval. Veio a casar com o Magalhães, dos correios. Ei-la respingante, aparecendo para companhia na hora difícil, Evelina finge não saber que Elisa tem uma queda pelo Arlindo, essa manhã vão se esbarrar muitas vezes no lusco-fusco da sala.

— E teu marido?

— Ah, já saiu.

— Debaixo de chuva?

— Que remédio.

O delírio do louco atravessa a parede. *Não atire, vai gastar sua bala com um bastardo, não atire! Eu cheguei na feira bem-intencionado, sou um homem de cultura, pai de quatro filhos, querem me convencer que um é morto, o mais velho, no tempo do imperador pobres como nós podiam comer, havia decência nos de cima, fartura para os de baixo, agora está o senhor para aí a me apontar essa arma, não me conhece, traduzi para o francês versos da minha filha, bailando no ar gemia inquieto vaga-lume, não fosse preta e tímida iria longe, bailando no ar, veja o senhor, deixe esta arma, não atire, larguei um emprego de seis mil-réis ao dia por não compactuar com a república, pensa que me passa a perna porque sou um velho sem força, não atire, você mata o tradutor do manual do aprendiz compositor.*

Elisa despeja o penico do louco, troca a fronha suada. Chama Arlindo para levarem Afonso ao banheiro, ela de um lado, ele de outro, seus braços se roçam nas costas do quase inválido, não têm pejo de namorar no transe difícil, um demente no quarto do lado, um entrevado no quarto da frente.

Afonso ofega nos travesseiros:

— Arlindo, cadê Elias?

— Dormiu fora.

— Não sei por que Evelina me mente. Sabe onde ele anda? Espero não esteja aí debaixo de chuva.

— Elias não é bobo. Se precisar de alguma coisa, mano, me chame. Faltei hoje por conta de papai.

— Não precisava faltar. Tenho sua irmã, tenho o Aleixo.

— Aleixo é criança, Afonso. Não sabe nada.

Encostado na parede as pernas do menino fazem um quatro.

— Pegue aquela pasta, lhe diz Afonso. O homem que me visitou ainda há pouco esqueceu. Vem buscá-la.

— O que tem nela, padrinho?

— Não faço ideia. Espero que não a abra.

— Não abrirei, padrinho.

— Me pegue naquela prateleira ali, a terceira de baixo pra cima, a coleção da Deux Mondes, o Marco-Aurélio, na quarta, o Cartas da Índia e da China, na primeira, o Cruz e Sousa aí mesmo, deve estar ao lado do Renan. Encoste a porta, fico sozinho. Ah, vê se acha também na estante pequena o meu Vinte mil léguas.

Faltava pouco para as dezesseis horas quando Evelina retornou ao quarto do irmão. A chuva apertara. Afonso se abraçara ao volume em marroquim da Revue. Sorria.

— Afonso, Afonso!

Encostou o ouvido no peito do irmão. Procurou o pulso:

— Meu Deus, aconteceu alguma coisa a Afonso.

Tem vontade de chamar por Elisa, não terá o louco o monopólio do grito nessa casa. Dá uma volta inteira na cama. Ajeita a ânfora de pedra-sabão sobre a estante, presente de Elias quando jogou em Ouro Preto. Recolhe livros e revistas, lembra de uma canção de criança, *Menina quando tu fores, escreva-me pelo caminho*. Vai à janela, arreda a cortina, redobrou o aguaceiro, com delicadeza liberta o volume do abraço de Afonso, lhe endireita a cabeça no travesseiro. Entram Arlindo e Elisa, ela se ajoelha, ele repassa o espelho diante da boca do irmão, lhe belisca as pálpebras. Envolve-o o crepúsculo gelado que vai soturno amortalhando as vidas ante o responso em músicas gemidas no fundo coração dilacerado. Corre Elisa avisar aos vizinhos, foi quem não era para ir, o louco está inquieto mas vivo, as dobadeiras fiavam nessa casa desde a manhã, se enganaram de quarto, os males de Afonso não dão em morte, se for o caso ainda vais me enterrar, dissera o visitante, ninguém se lembrou dele, mas é certo que trouxe as parcas, queriam o magrinho dentro do pijama, geme qual inquieto vaga-lume, o filho apenas perdera as ilusões, disso não se morre.

A alma de Afonso se agarra ao florão cagado de moscas para apreciar a revoada de vizinhas que lhe invade o quarto. À frente Luísa Lima, redonda, reumática, focinho de porco em físico de rinoceronte, e Luísa Damasceno, magérrima, cabelo repuxado de beata cearense, verrugosa, sem peitos, a gorda despachada, a magra uma banana, lavam e vestem quem falece, para tanto não lhes falece jeito e piedade. Com toalha molhada limpam o pescoço e a virilha do morto.

Chininha entra para espiar o defunto, inspeciona os livros, sua vontade é carregar uma lembrança. Ano passado, Afonso a ouviu dizer no portão: "Teu irmão é besta. Não é doutor por que compra livros? E você aí, sem cobre pro cinema." Quando lhe chega o paquete fede à distância, o Anacoluto, farmacêutico, lhe papou os três vinténs, para isso serve o cinematógrafo, se livraram da criança com uma dose de farinha láctea em sublimado corrosivo, para isso serve a química. Afonso nunca a engoliu, desencarnado lhe é indiferente, nem pelos livros tem ciúme, se os irmãos quiserem homenageá-lo que os doem à Biblioteca Nacional, mais os impressos e manuscritos.

A família que coube a Afonso, tirando Elias, não é vulgar. Evelina e Arlindo foram atrasados por gente como Elisa, Chininha, a Prisciliana, o Magalhães, as duas Luísas, o finado Manuel de Oliveira, agregado num galpão sob a jaqueira. Quando garoto, Arlindo deu trabalho, furtava livros do irmão para vender, adulto endireitou, como detetive endireita agora os outros, vai saber que graça vê na mulher do Magalhães, lhe cresceu a veia prestativa, faz a feira, só não leva os artigos de Afonso aos jornais, isso cabe a Aleixo, tão pequeno já estafeta.

Outra vontade de Afonso, essa talvez respeitem, é descansar no São João Batista, com sua eminência verde aflorada de pedregulhos grises. Tem horror a Inhaúma, a seu descampado, à sua falta de árvores, da última vez que lá fora um trem cortou o enterro ao meio, nem a capelinha conserva o mistério que lhe deu o mestre construtor, o chão engrossou com desperdícios de cera fedorenta, as paredes se tisnaram. Teme o caminho repleto de panelas, os sacolejos da caleça, os arranhões, as machucaduras no seu corpo frio.

Na funerária, Arlindo descobre que o auxílio da Secretaria da Guerra não cobrirá o sepultamento, o trem, o coche, o caixão, as flores, a cal, mais caros que no subúrbio, precisaria ratear com os amigos ricos de Afonso. Elisa se oferece para acompanhá-lo à cidade, descem a ladeira sob um único guarda-chuva, o vento faz dançar a água como uma renda de talco.

Ao subirem no trem cruzam com Elias.

Lá vem O Flecha debaixo de chuva, come a defesa adversária, não chuta, retorna, salameia outra vez, a cada qual sua fraqueza, quando jogar no Fluminense descerá a avenida num cupê de capota arriada. Na Central já é famoso, paga seu próprio lanche e cigarros, há os rolos, não vamos mentir, mas para isso seu irmão é detetive. Tivesse cabeça para estudar, leria francês como Afonso, escreveria como Evelina *O noivado da montanha*, somente de cinquenta em cinquenta anos aparece, se é que aparece, uma compleição, um equilíbrio como esses, essa preguiça é falsa, as pálpebras escancaram, passa o raio do olhar.

Seu primeiro emprego, aos quatorze anos, foi no escritório da Botanical Garden. Servia café, levava recados, quis o destino que carregasse também as chuteiras do time da empresa. Se exibiam aos domingos em graundes verdejantes, When more we drink together, more friends we will be, vai um aprendendo assim o seu inglês, offside, halfback, forward, sorry. Eficiente em recolher bolas, ganhou uma chance. Jogou depois no Leões da Enseada, no Boys de Sapopemba, no Marujos de São Cristóvão, outra vez no Leões. Implacável forward, só o conheciam por O Flecha. Quando Afonso descobriu, lhe pôs o dedo na cara, a bola ou a família, estavam condenados à pobreza, mas não à desonra. Mofou um tempo num cortiço, até que os irmãos conseguiram trazê-lo de volta. Afonso andava doente demais para resistir, salvo a vez em que tropeçou num par de chuteiras e as jogou por sobre o muro do oitão, em outra achou uma gorra de meia entre suas cuecas, enojado as depositou na pia do banheiro, gritou com Evelina. Afonso jamais praticou um esporte, exercícios físicos lhe pareciam castigo, o pique-baixo, a bandeirinha, o lenço, o bento-que-o-bento-ô-frade. O futebol exigia pernas de fora. Ordenou a Evelina uma cortina na janelinha oval do banheiro, por onde só o veriam os urubus. Mesmo em noites de verão dormia de pijama, porta fechada.

Sob a chuva que cai desde a madrugada, vergado pela culpa do desgosto que dera a quem só queria vê-lo honesto e formado, O Flecha sobe correndo a ladeira enlameada, come um fio de água barrenta, come uma caixa desmilinguida de papelão. Às seis da tarde, a vila quilombo, como a chamava o morto, estava cheia. Vizinhos cediam cadeiras a estranhos.

Vai o vagão quase vazio, penumbrado pelo mau tempo. Dois soldados permanecem de pé. Uma lavadeira, de vez em quando, desamarra a trouxa. Normalistas ciciam no meio do carro. Escorado à janela da penúltima janela da direita, escondido na sombra, um tipo de jaquetão europeu bafora pequeno cachimbo, filosofa talvez sobre os jardins gradeados que se avistam do trem, com gnomos, cisnes de louças lambidos, sarjetas inundadas arrastando galhos, botinas estripadas, armazéns de boca escura em que se entrevê a língua de uma lamparina.

Elisa e Arlindo escolheram o penúltimo banco, atrás da lavadeira aflita. Não se entendem sobre onde botar o guarda-chuva, vão acabar escolhendo entre risinhos a ponta de fora, assim se apertam no canto da janela, se entregam à luxúria das almas pequenas. Arlindo não é indiferente à morte do irmão, sua expectativa, como a de todos, era que morresse o louco, isso vai dizendo a Elisa enquanto lhe passa o braço pelas costas, se entra numa dessas estações um conhecido do carteiro Magalhães estão fritos. Quem entra na próxima é uma costureirinha, olha como tosse, como descansa as mãozinhas entre as coxas, dedos feios, chatos, dobrou a gola do casaco afogado pra dentro na altura das espáduas. Um dos soldados lhe sorri, Afonso, que agora tudo pode, voa com ela para daqui a oito anos, uma pracinha, sábado à noite, dão voltas em torno ao chafariz, um rapaz e u'a moça conversam, comem pipoca, ele, intrigado com as mãozinhas dela, pede para vê-las de perto, confirma que a ligação entre o polegar e o indicador é murcha, cadê o enchimento normal das pessoas sãs, empalidece, a voz sai arranhada, você é fraca do pulmão, a pipoca se esparrama no chão de pedra açoriana.

Ao desembarcarem, diminuíra a chuva. O soldado oferece à tísica a sua capa, lhe treme a pálpebra esquerda, lá fora irá direto ao assunto. Arlindo convida Elisa a um conhaque, a cidade a afogueia, empina a bunda, amolece a voz. Vão a um frege do outro lado da praça. Arlindo é reconhecido por um cocheiro amigo de Afonso, galego bochechudinho, secretário cultural da Casa de Lafões, que fim levou teu irmão? Ao saber que o de todos nós, sai pelas mesas apregoando que anteontem mesmo o vira formoso e sacudido na Central, com o afilhado. Só se veio se despedir, sussurra Elisa, aquecendo a bebida no côncavo da mão, por esse detalhe se vê que não é santa. Aproveitam a comoção do cocheiro, lhe pedem levá-los à redação de A Noite, encontrarão certamente, o S. Vão com sorte esses amantes, encontram também o Pelegrino, o Germano, o Fialho, só falta o Miranda. Salvador não aguentou os detalhes, foi chorar no banheiro. O Pelegrino, que gostava de Afonso, parecia esperar a notícia. Ordenaram ao contínuo cuidar do sepultamento, não economizasse.

Termina o dia. Elisa entristecera. Lembrou do marido manso, sem talento. Uma vez que trouxera do serviço um maço de correspondência, ela sugerira abri-las a vapor. Não admitiu, e foi dormir na sala. Magalhães goza de saúde absurda, já Afonso tinha o pé na cova aos quarenta e dois incompletos. Olhando a chuvinha pela janela da redação, entre os conhecidos importantes do irmão de Evelina, aspirando o cheiro de café na pequena cozinha do jornal, chorou.

Os avisados por Arlindo avisariam aos menos próximos, nos necrológios omitirão que nem sempre o queriam perto, cheirava a cachaça, paletó de mendigo. O Germano escreverá na edição de amanhã que os descuidos gramaticais de Afonso eram antes provocação que ignorância, quanto pode a morte em fingimento. Arlindo e Elisa vão dali com a consciência tranquila, só na velha escada rangente o detetive cai no oco da morte, um vento encanado lhe arrepia as pernas, procura o ombro de Elisa.

Dia seguinte, manhã

O açougueiro jamais conseguirá subir essa ladeira. Arlindo se enrola numa capa velha de Afonso, empresta o guarda-chuva de Elisa, desce contente para ajudá-lo, aperta o cano que ela apertou, quem sabe o guarda-chuva dorme no banheiro dela, treme de pensar, regressa com os pés enormes de barro, Elisa o ajuda a descalçar, lhe seca o pescoço, Evelina finge nada ver, seu único namorado foi há vinte anos um sinuqueiro que Afonso proibiu, veio outro que conheceu no Jardim do Meier, este não contou a Afonso, era cabo bombeiro, deram umas voltas, lembrando bem houve um terceiro, tem uns dez anos, afinava pianos de casa em casa, lhe fazia cosquinha o seu bigode, esse jamais contará a ninguém. Afonso repousava num esquife de boa madeira, portas e janelas vedadas por um tecido roxo leve. Com pouco, o açougueiro levantou o lenço que escondia a cara de Afonso, se benzeu, voltou à cadeira entre o senhor magro e a senhora de carnes duras, sapatos de fivela.

Nascera para besta de carga, limpador de fossas, catador de esterco, faxina de delegacia, ajudante de coveiro. O tio mandara buscá-lo em Granada para sócio num cordão de chácaras, mas, sendo rude até para nabos e acelgas, decidiu recambiá-lo. Viriato Sudário se ofendeu, trocou o bilhete de terceira por um burro e duas facas, conseguiu em consignação miúdos e embutidos rejeitados pelos veteranos. Sua experiência de corte fora amputar dedos e orelhas a defuntas enterradas com joias, de cumplicidade com um mandrião que as vendia em Madri. Casou aqui com uma viúva, tiveram dois filhos, o primeiro morreu de escarlatina, o segundo é almoxarife do Corpo de Bombeiros. Quando os filhos lhe pedem que ao menos use roupas limpas, Viriato Sudário ri com dentinhos pretos, limpeza não põe mesa. Tem freguesia certa depois de anos, a segunda mulher morreu, ele se amigou com uma conterrânea jovem, montou açougue. É feliz.

Embarcam Afonso para a última viagem. Evelina e Elisa sentam no primeiro banco atrás do caixão, Arlindo e Elias no de trás, funga a máquina, briga a fumaça com a chuva, o Morcego, a Lurdes, o Zequinhão, o Gomes da Flor deixam a plataforma, não tiveram importância na vida de Afonso, não terão agora sob o dilúvio que cobre Todos os Santos desde a madrugada de ontem. Apita o trem em cada estação, passa direto, lá vai Afonso, despedido, agora sim, de todas as ilusões. Era uma vez a História da escravidão negra e sua influência na nacionalidade.

O visitante se abriga sob a marquise do armazém. Lá dentro, há um velho de pernas podres, uma gaiola vazia, sacas de arroz

e feijão. Uma tinta escura entenebrece o ar. Sente um afrouxa-
mento dos nervos, infinita lassidão. Que continue a cair lá fora
a chuva, nessa viuvez triste de melancolia. Quisera estar agora
na indolente filosofia de um faquir, com a luxúria e o luxo de
um mandarim, numa larga ala de mármores brancos, ouvindo
a sonoridade da água que desce das brumas, ouvindo sonatas
de Beethoven, que o elevassem, a pensar, a pensar, organizando
com delicadeza e curiosidade ideias imaculadas. Que a chuva
de Todos os Santos cantasse em amplos, largos, claros, fres-
cos pátios sonoros, ladrilhados de verdes mosaicos. Ou, então,
quisera bem ouvir ao confessionário, numa igreja silenciosa,
femininas almas amarguradas e virgens. Contemplativo, ab-
sorto no meio de velhos e austeros palácios renanos, ouvir, co-
mentar Schopenhauer, dentre um fundo meditativo de bruma
germânica ou, senão, ver desfilar, na calçada desse armazém,
fagulhante e em pompa, a Pampadour, abelha funesta e cor-
de-rosa. Desse modo, tudo na sua imaginação ficaria deliciado,
pelo esplendor e bizarra galanteria nobre das mulheres, como
por esquisita essência finíssima de ambrosia, de formosura e
sol. Concentrado, alheado de tudo, como que vagamente en-
tontecido pelos vapores quiméricos do vinho alvo de um luar
de Idealismo, ansiaria infinitamente gozar os Grandes Amados,
os curiosos sensibilizados de Pensamento e da Forma, me in-
cendiar nas suas chamas, me perder nas suas lânguidas e ex-
travagantes Arábias de Sonhos, subindo aos seus crepitantes
delírios, às suas alucinações e crises nervosas. Pode a chuva in-
sistentemente cair.

O dono do armazém corre o pano sujo no balcão:

— Não entendi.

— Eu não falei. Me vê uma bebida.

O homem vai à prateleira pegar a cachaça. Quando se vira não há ninguém.

FLORES VAGAS DE AMORES VÃOS

Rio de Janeiro, por volta de 1850

Só por acaso aqueles manuscritos caíram em mãos de Mathias Engehold, afinal ele nunca passou de professor secundário de ciências naturais pela Universidade de Kiel, não se interessava por fatos históricos, para o quanto queria compreender da vida não os achava necessários, nem divertidos. Na semana seguinte à formatura, brigou com o pai e viajou para a América do Sul. Tinha então vinte e dois anos.

Acompanhando da ponte o balé dos delfins, ouvindo ranger o cordame do vaporzinho chapeado a cobre, decidiu desembarcar no Rio, de que sabia menos que de Buenos Aires ou Santiago do Chile. Se instalou em casa de um compatriota no caminho do Corcovado e, no período de um ano, só desceu à Corte três vezes. Na primeira assistiu à Fala do Trono, na segunda ao entrudo, as limas-de-cheiro lhe trouxeram uma constipação que ia derivando em pneumonia. Seu anfitrião, supondo-o homem de letras, o presenteava com brochuras compradas no importador Lamber, o Hans Staden, o Blaer, o Von Martius, *Natureza, doenças, medicina e remédios dos índios brasileiros*, uma *História do Brasil*, acabada de sair, do seu ex-condiscípulo Heinrich Handelmann. Um advogado frequentador da chácara o convidou a ouvir na casa das Irmãs do Coração de Maria um padre mestre cego, Monte Algarve, ou Alverne, esta a terceira vez que desceu à cidade, não por curiosidade intelectual, curta na própria língua natal. O advogado, que ficou seu amigo, se chamava J. J. de Sá.

Mathias começou a pesar no orçamento e, uma tarde em que tomavam Branntwein na varanda ensombrecida por ingazeiros e caramboleiras, os frutos mordidos de pássaros e de saguis se espatifando no chão de tábuas corridas, o compatriota lhe falou de uma vaga de professor na capital de Santa Catarina, lhe mostrou no mapa-múndi do editor Selbach a localização de Desterro, acompanhada de explicações sobre o tenebroso nome. Quando foi se despedir, o advogado J. J. de Sá tirou da estante um amarrado, tenho um presente para o senhor. Mathias protestou com delicadeza, por que não os doa ao Museu Histórico? Absolutamente, absolutamente, algo me diz que isto o ajudará a entender essa choldra. Não conhecia a palavra, mas, como lhe soasse parecida com a usada no baixo alemão para uns fiapos que na primavera soltam os troncos dos olmeiros e, na sua aldeia natal, o excremento de galinha, imaginou haver compreendido.

Desterro, vinte anos depois

O liceu, que já tivera uma sessão de internos, se limitava agora a oito classes em que meninos mais ou menos burros, estragados pelas fortunas dos pais, em geral comerciantes alemães e burocratas luso-brasileiros, bocejavam pontualmente das sete da manhã às três da tarde. Só no recreio, antes do almoço, o colégio se animava um pouco, se quebrava um nariz, se descobria uma sacanagem no pequeno bosque entre o morro e o tanque natural com fundo irregular de pedra. Mathias Engehold não se queixava, aquele exílio calhava com sua natureza vagarosa, capaz de uma única exigência, que não o amolassem.

Os manuscritos, que tivera preguiça de ler, cheios de termos e expressões que nunca ouvira, dormiam no fundo da canastra.

O colégio voltou a crescer, mas sem o prestígio do Primeiro Reinado. Dentre os asnos calçudos que tinha por alunos, Engehold só se impressionou com um, depois que o professor Müller lhe chamou a atenção. Era simpático, testa alta e espaçosa, olhos vivos, lábios finos, dentes bons, o segundo ou terceiro em aplicação geral, em humanidades ninguém o superava, nos exercícios físicos, corrida de fundo, haltere, natação, não fazia feio. No terceiro ano, lia com poucos tropeços o francês e o inglês. Mathias Engehold começou, em particular, a lhe fortalecer também o alemão. Lhe será útil no comércio, disse, o que não falta em Santa Catarina são patrões da minha terra. Não serei caixeiro, respondeu o garoto empinando o queixo. Um fim de tarde em que o fazia repetir uma página do Guillaume Tell, o professor o achou tão compenetrado que teve uma intuição. E se os extremos se tocassem? Não fosse sovina, teria no dia seguinte encomendado ao único livreiro da província um exemplar encadernado das *Mil e uma noites* para lhe demonstrar esquiva admiração. Se lembrou, a tempo, dos manuscritos que lhe dera o dr. J. J. de Sá, tome, talvez algum dia lhe seja útil, falou com os olhos marejados, você de fato vai ser um poeta. Será então apropriado que o apelidem de cisne negro, mas isso só pensou.

Dizer que os dois manuscritos impressionaram fortemente o garoto é dizer pouco. João, que tinha sobrenome dos amos de seus pais, lia o que lhe passava em frente, tomos ou almanaques. Os manuscritos, porém, só a ele pertenciam. Cobrou do pai carpinteiro uma caixa de mogno com tampa móvel, fecho de latão, fez dos manuscritos uma brochura em couro de cabra. Tanto os releu que até o fim da vida lhes soube passagens de cor.

O primeiro, cento e vinte e uma folhas sem verso, parecia um diário da Revolução Pernambucana de 1817. Seu autor tivera papel de destaque nos acontecimentos, se não exagerava, ou mentia, o que é provável. A primeira vez que o leu, sem tomar fôlego, João se perguntou se o diário de Roldão Gonçalo Rabelo, tal o nome do borra-tintas, era história ou literatura. Em várias passagens experimentara o mesmo sobressalto que o professor aquela tarde em que o ouvira, de gravata e terno, um pouco folgado, recitar Schiller. Sobressalto ou estranheza.

Como se adivinhasse o pior, deixou para ler o segundo manuscrito, sem assinatura, *A trama*, no dia seguinte. Folheando-o, ao acaso, encontrou uma data, 1835, ora, o primeiro texto era de 1817. As letras eram, além disso, bem diferentes, a de Roldão, que usara pena de avestruz numa tinta tendente ao roxo, inclinada, a do segundo, setenta e sete folhas sem verso, um cursivo nervoso que mal tocava as linhas. Não, *O diário* e *A trama* não eram do mesmo autor. O ritmo e o colorido eram distintos, embora a pontuação respeitasse, nos dois, a ausência de regra, e se notasse o gosto de aproximar situações e vocábulos antifônicos. E se Roldão Gonçalo Rebelo, num ato perverso, tivesse, com intervalo de dezoito anos, usando a pena de outro para disfarçar, renegado as convicções de 1817, aqui e ali zombando do próprio idealismo e da própria inocência? Pois *A trama*, sobretudo no desfecho, era o escárnio d'*O diário*.

Outro aspecto da estranha obra, se não eram duas, João só descobrirá no futuro, quando for outra pessoa. Se surpreenderá, então, com influências que sofrera dela. Relendo-a, encontrará num jogo de espelhos passagens da sua própria vida. Antes porém de compreender isso, aconteceu um acidente, desses que a província amplifica até a tragédia.

A filha do dono do liceu, Catharina von Schupp, só dava o ar da graça em dias de gala. Nos sete de setembro, no aniversário do imperador ou da batalha de Uruguaiana, sentava na primeira fila do estradinho de ripas auriverdes, entre Herr e Frau Schupp, para ouvir a banda dos Escolares Unidos. Nas polcas e mazurcas, agitava os cachos sob a boina austríaca. Batia também palmas com vivacidade ao se anunciar o número dos ginastas, fortões que desfrutavam ali sua glória, sabia que em seguida serviriam licores e barriguinhas-de-freira. Catharina von Schupp era bonita de rosto, mas olhar para Frau Schupp, ocupando o lugar de três no estrado cívico, era temer pelo seu futuro.

No outono de 1878, Desterro ficou sabendo que o professor Mathias Engehold esposaria Catharina von Schupp. A data, 31 de novembro, era certamente para saírem em lua de mel no mês das festas. Mas então aquele folgazão, a quem custava levar os garranchos do giz aos cantos da lousa, aquele barata descascada, que fugia do sol como jacu do balaio, era um come-quieto. A inveja coletiva fazia uma ressalva às razões do pai, Schupp queria um genro que sendo alemão não fosse lascivo, sendo letrado não fosse poeta e, enfim, sendo néscio não jogasse dinheiro pela janela. O casamento foi oficiado em bávaro por um pastor da Corte. Herr Schupp em sobrecasaca, colete escuro, calças claras de flanela, bengala encastoada, o emblema de comendador faiscando, ocupou, comentavam, o lugar do noivo. O colégio teve o seu papel, numa clareira do bosque se levantou a armação de sanefas patrióticas para exibição do coral, reforçado com meninos de fora. Causou frisson um pretinho enfarpelado que recitou um trecho de *Hermann und Dorothea*, enquanto um duo de cordas desfiava qualquer coisa de Schumann.

Que diabos aconteceu aquela madrugada no chalé nupcial nunca se saberá. Anos depois, mesmo durante o terror da guerra civil, visitantes da província eram levados à estradinha que serpeava após a ponte deixando ver a casa. O fato é que, antes de clarear o dia, Catharina von Schupp bateu na casa dos pais.

Tinha expressão indescritível, e disse aquela madrugada tudo o que até o fim da vida, ela faleceu com noventa e quatro anos, conseguiria dizer, não volto para meu marido. Enquanto a socorriam as amas, Jacob Schupp e a mulher correram ao chalé, ele prevenido com uma pistola e uma faca de churrasquear, mas o acharam vazio. No quarto, sobre a cabeceira, a Bíblia e dois copos de água pela metade. A cama fora desfeita apenas de um lado.

Só voltaram a ter notícia de Mathias Engehold anos depois. Estava entre os fanáticos mortos de uma heresia violenta em São Leopoldo, perto de Porto Alegre. Herr Schupp leu a pequena nota da gazeta para a esposa. A diabete lhe levara já uma das pernas e, fitando do outro lado da praça a fachada do seu colégio, se lembrou sem ódio do falecido, aquilo nunca me enganou, quando arribou por aqui logo vi que era mucker.

Ainda Desterro, por volta de 1885

Os manuscritos de origem misteriosa que lhe deixara Mathias Engehold, o infausto, cresceram com o tempo na estima de João da Cruz, agora ele próprio explicador de preparatórios. Fazia versos à Castro Alves, imprimia pasquins literoabolicionistas com um grupo de rapazes piolhentos. Deixou dessa época um daguerreótipo de olhos inefáveis, sempre de aparência decente. A primeira vez que deixou a cidade, aos vinte anos, rápida excursão ao Norte como ponto de teatro, já lera Blake e Rimbaud, mas o seu diálogo era com os dois manuscritos presenteados pelo mucker, que também haviam mudado na sua enganosa fixidez de texto para sempre escrito. No Recife e na Bahia visitou os locais mencionados por Roldão e pelo anônimo narrador de *A trama*. Achou um título para enfeixar os dois escritos, *Crônicas de indomáveis delírios*. Sendo as histórias de duas revoluções fracassadas, se poderia deduzir, sem dificuldade, a sua mensagem.

A volta de João a Desterro coincidiu com a chegada de outra companhia teatral que, havia mais de ano, andava pelo Sul encenando *O lírio raptado*, de um certo Hugo d'América. Se esbaldaram os fazedores de versos. A trupe tinha cinco mulheres, sem contar a roupeira, já perto dos setenta, e a bilheteira, caolha e ressecada. Nos intervalos, baixavam à plateia vendendo fotos em poses de coristas envergonhadas. Anita do Prado, uma quase menina de cabelos claros, quentes, olhos de água, boa pele, salvo nas faces e no queixo onde umas macerações, era o termo poético, a faziam irresistível, interpretava precisamente o lírio raptado. Nada fez para seduzir João da Cruz, somente talvez lhe roçar o seio quando se esgueirou a primeira vez entre as tábuas da arquibancada, olha aqui, queridinho, uma lembrancinha de mim. João lhe dedicou poemas perfeitos, que o envergonhariam mais tarde quando preferisse opalescências, brumas, vaguidões geladas.

Na despedida da trupe, o Jansen, atacadista de cordas e cabos navais, ofereceu no chalé comprado ao velho Schupp, pouco depois da desgraça da filha, uma ceia com champanha à vontade. Estavam convidados os poetas da cidade, não todos, é verdade, à condição de não maçarem a orgia. João tomara a decisão de trocar Desterro pela ribalta, imaginava o seu nome a capricho na entrada do Lírico, no Rio, os ensaios que acabavam em vinhaça no arrabalde ou na praia, os amores, Anita do Prado em casa a esperá-lo. Naquele mundo dentro do mundo, ninguém estranharia um filho de libertos amante de uma filha das perspectivas claras, isso só escreveria mais tarde, senhor das formas alvas límpidas lactescentes. Planejou se declarar a Anita durante a esbórnia do Jansen. Ao chegar, já ferviam as danças, espocavam os brindes sob o caramanchão, ela veio saltitante dizer que queria lhe confessar um segredo, um pedidinho, mas não agora, mais pro finzinho da festa. Exalava perfume de açucena a um palmo da sua cara.

Pelas três da manhã, Jansen intimou os convivas a um banho na cachoeira do fundo da propriedade, não sem antes diverti-los com a sua versão das núpcias de Mathias Engehold e Catharina von Schupp, ao comprar a casa fiz questão de que deixassem a cama, organizando depois um jogo em que cada qual interpretava a sua fantasia. Iam partir, João resolveu cobrar de Anita o segredo. É que ela pretendia viver com o Jansen, recorria ao amiguinho que tanto respeitava para intermediar, cansara do mambembe, do sacolejo das estradas, das refeições divididas com a bilheteira caolha, afinal não sou feia nem velha, fazia para João um biquinho de choro, arrotava champanhe. Caindo em si, o poeta lhe perguntou com raiva por que ela própria não se declarava ao capitalista, é que sou tão tímida, gemeu. Enquanto os farristas saíam para a cachoeira, o Jansen coberto somente com uma boina, João se enfurnou no quarto em que um china, ou boliviano, servia ópio.

Pouco antes de deixar o cargo, o presidente da província, darwinista corajoso, incapaz de ouvir a Ave Maria sem chorar, para ver o circo pegar fogo, metáfora perfeita e injusta, nomeou João da Cruz promotor público em Laguna. A previsível frustração só trouxe uma vantagem, o poeta nunca foi tão mimado, lhe ofereceram jantares, uma sessão de desagravo no Grêmio Amor às Letras, fanfarra dos Escolares Unidos, agora com um novo bumbo, gordo, babão, pega de tigre asiático, temos aqui mais uma expressão perfeita e injusta. Jansen reabriu as portas do chalé, dessa vez sem Anita do Prado. Triste, João da Cruz compreendeu que usariam sempre contra ele o recurso de oferecer o impossível para torná-lo grato pelo possível. Partiu mais uma vez para o Norte. Na volta, como achasse a cidade ainda fervilhante de comiseração, foi encontrar no Rio Grande do Sul a companhia do lírio raptado. A roupeira dera, finalmente, com o rabo na cerca, o lugar era dele.

Não era emprego para sua inteligência, diziam. De volta a Desterro, virou amanuense na Central de Imigração. Nos compridos nada-a-fazer, tirava da gaveta os escritos deixados pelo mucker, que lia menos na medida em que gostava mais. Sentia que Roldão Gonçalo Rebelo reencarnara nele, poderia lhe continuar, setenta anos depois, para sempre, sem esforço, o monólogo barroco, agora sob um céu de mármore azulado.

De la musique avant toute chose, era o que achava em Roldão como nos seus próprios versos.

Fez naquela repartição um amigo, Allan Filkenstein, obsessivo com papéis. Tinha fortuna, ninguém o molestava em casa ou na rua, seus dois filhos homens cursavam o liceu dos Schupp sem problemas, mas lhe faltava, na documentação de imigrante, um registro de entrada, ou algo parecido, sem o que a secretaria não o naturalizava. Peticionara até a presidentes da província, lhe respondiam que deixasse de lado, se não lhe atrapalhava os negócios não valia a pena corrigir aquele nada burocrático de quarenta anos. Allan se agarrava com subalternos, dessa maneira conheceu João da Cruz. Vendo-o, uma tarde, compenetrado no enchimento de fichas, convidou-o para um chá em sua residência, na Praia de Fora. Embora o local fosse inóspito, cercava o palacete um jardim de dálias, lírios, rosas brancas, azuis, roxas, purpúreas. Havia aqui e ali um exagero de capricho, um pátio interno com um pequeno lago, um arabesco quase à altura do telhado circundando a construção, mas o que lhe dava a graça, graça selvagem, eram janelas de frente para o oceano, de onde nasciam, nas madrugadas de ressaca, sargaços, pernas de bonecas irlandesas, botas dessoladas.

A senhora Filkenstein, bem mais velha que o marido, lembrava um elefante de vizir. Farejou acintosamente o visitante, lhe indagou da família sem cerimônia, sugeriu que a copeira não tirava o olho do doutor João da Cruz. Mairim Filkenstein, a filha, ao contrário, quase não fez caso dele, chamada ao piano tocou Métra e Strauss sem emoção. Com vinte anos, não era rara só no nome, tinha cabelos de esplendor sombrio, frisados sobre as costas, quadris e coxas sólidas, afinava da cintura para cima, as mãos nas teclas tinham veios claros. João imaginou que faria de tudo, carregar nas costas, por exemplo, em plena rua do Comércio, a senhora Filkenstein, à condição de tornar a lhe ver a filha. Enquanto esperava, compôs rios de versos e pelo menos um soneto de que nunca se envergonhou, deusa serena, açucena dos vales da escritura da alvura das magnólias merces-síveis, branca Via-Láctea das indefiníveis brancuras, fonte da imortal brancura.

Filkenstein nunca mais o convidou. João se lembrou da copeira e, sabendo que era ainda cativa, sem rodeios pediu a Filkenstein para casar com ela. Trouxera da Bahia um livrinho, *O verdadeiro amor*, em que se contava um caso semelhante, no romance o herói acaba se apaixonando pela esposa-escrava-tão-delicada, desse risco se sentia livre. Eu não disse, exultou a mãe de Mairim, juntando os indicadores de transparentes unhas rosadas, vi como se enamoraram ao primeiro olhar, faço gosto, perde-se a escrava porque teremos de alforriá-la, mas o cati-veiro está no fim e, enquanto Filkenstein calculava o preço da carta de Pêdra, imaginou os elogios que receberia das amigas do Centro Emancipacionista. Só houve um problema, Pêdra recusou a mão do doutor. A Mairim confessou que a última coisa que queria na vida era ser escrava de cama e mesa de um homem mais escuro. A moça lhe fez ver que com o casamento ficava livre, criaria filhos seus. O padrinho, militar aposentado, que se prontificou a lhe pagar a alforria como presente de bo-das, a intimou, em nome da própria felicidade, a esposar João da Cruz.

Às quintas e domingos, de tardinha, sentavam os noivos num banco de cimento em frente ao laguinho, ela emburrada, ele extasiado com o piano que vinha da sala. Tocava Mairim Filkenstein exclusivamente para ele? Houve dia em que se esqueceu de se despedir da noiva. De vez em quando, Pêdra aparecia com rodelas de batata na testa ou fedia calculadamente de três dias sem banho. João acabou por enxergar naquela servidão e ódio o mesmo de sua própria mãe contra seu pai. Como terminaria o seu caso com Mairim? O que amava nela não eram os olhos, a melancolia de outras eras, a boca, mas o perfume de damasco assírio, não era a filha do atormentado Filkenstein, mas a Judia Impenitente. Escreveu uma carta à família, encerrando com seca desculpa o noivado com Pêdra. Informava em P. S. que deixava Desterro.

A última noite em que voltava do palacete se sentiu acompanhado. Um assalto, pensou, só me faltava essa. Filkenstein o advertira, não vá pelo caminho do morro, dois comerciantes foram assassinados ali, a punhal, por um crioulo. O leite do luar cobria céu, árvores, lápides, menos um pedregulho, só me faltava essa. Ao lado do cemitério, o caminho subia, já avistava os lampiões da cidade. Um bandoleiro de capa e capuz lhe pulou na frente:

— Meu nome é Anikulapô.

— Nunca vi um assaltante dar o nome.

— Não sou isso.

— E eu não tenho dinheiro.

— Podemos conversar.

— Vamos a um botequim.

— Prefiro que seja aqui.

— Então, abaixa a pistola.

— Não é pistola.

— E o que é?

— Um kulapô.

— Nunca ouvi falar.

— Mata igualmente. Faz favor de guardá-la aqui nesse meu bolso direito, enquanto conversamos.

— Estranho assaltante tu és. Me assaltas e queres que te guarde a arma.

— Sei que vais deixar a província, parabéns.

— Vou me dedicar à abolição.

— Não é por desengano de amor?

— Não deixa de ser. Lutarei pelos que amo, amarei por quem luto.

— E por quem pensa que luta?

— Pelos que estão morrendo no cativeiro.

— Morrerão de qualquer jeito.

— Então lutarei pelos que vão nascer.

— Viverão de qualquer jeito.

Entravam na alameda. É aqui que moro, se despediu João, para onde o senhor vai, assim embuçado?

— Volto ao caminho do morro.

— Uma última pergunta. Por que não tiraste a mão do bolso esquerdo todo esse tempo?

— Se prestasse atenção ao meu nome não perguntaria.

— Não prestei. Qual é?

— Anikulapô. Aquele que carrega a morte em seu bolso.

Na Corte, u'a mão na frente outra atrás, João da Cruz se instalou numa pensão de jornalistas. O problema era à noite, quando sentava para ler. A dona tinha um sobrinho, ou parecido, que depois do jantar começava a limpar em alta voz um peixe imaginário, cada noite uma qualidade. Me passa essa faca, ô Feijó! Anda, rapaz, que hoje o cherne está supimpa! Imitava uma faca sendo amolada, o corredor se enchia de gatos. Entrava pela madrugada, segura aí essa ova, ô Feijó! Deixo o rabo ou corto o rabo? Nem para limpar você serve, moleque! Uma daquelas noites, no limite da irritação, João viu a porta do 41 aberta. O patrão do Feijó era hemiplégico. Uma nuvem de moscas lhe zuretava as feridas da cabeça. João pegou o hábito, espécie de mortificação, de visitá-lo nos delírios, viajar com ele na limpa dos peixes, interceder pelo Feijózinho. Uns pensionistas pensaram que o catarinense também endoidara, outros que era macumbeiro.

O príncipe dos doidos fluminenses tinha um nariz quebrado, pés cambaios, braços longos, se intitulava O Terceiro, não perdia uma inauguração de herma, uma chegada de navio, um enterro de comendador. A própria família real se acostumou à sua presença, à sua túnica amedalhada, os chefes de cerimonial lhe autorizavam a entrada. Fazia parte da boataria desmoralizante do trono que, na manhã de 13 de maio, violara a alcova da princesa para fecundá-la com um filho da nova era, ele o descendente de Preste João, o Gran Cá, imperador da Etiópia. João da Cruz preferia um que via em portas de cafés e teatros, quase gigante, atravessando a cidade em marchas aceleradas ou sentado na frente da igreja de Santa Luzia numa cadeira de lona, tricórnio sob o sovaco, fitando sem ver a refulgência metálica da barra. Seus grandes olhos tinham o brilho amargo de um rio de águas turvas e tristes. Vestia um casacão militar cinza sem nada por baixo, ao descruzar as pernas mostrava os bagos encardidos. Ficava na mesma posição horas, a mão direita enfiada por entre dois botões na altura do ventre, olhando o mar.

O filho do Jansen, morador da Corte havia anos, arrastou João da Cruz para a estreia de *Aida*, no Teatro Lírico. No intervalo, lhe apontou um gajo antipático como reinventor da literatura. Ninguém confiaria no juízo literário do Jansinho, mas Oscar, de melhor reputação, o apresentou, caprichou nos elogios. Como Raul se mantivesse distante, lhe recitou, eu quando o azul repleto de asas vejo, muito alto, céu acima, os páramos rasgando, toda a minh'alma oscila e treme num desejo em busca das regiões de dúvida, chorando.

O reinventor da literatura secretamente admitiu que não se rebaixaria aceitando o outro como colega. Tudo em Raul era limpo e certo, a família rica sem opulência, vivendo num casarão de platibandas, o diploma de direito, a carteira sempre com dinheiro para livros e charutos. Sofria de melancolia, descontava na política. Fora abolicionista de passeata, brigara em estribos de bonde, apanhara da polícia. O livro do seu súbito prestígio eram recordações do colégio interno, dominadas por uma figura sinistra, o diretor, e outra angelical, a esposa. Sem saber como concluir, Raul fechara com um incêndio aquela sessão de tortura em duzentos e trinta e sete páginas, aqui e ali ilustradas por ele mesmo.

Nomeado diretor da Biblioteca Nacional, já no dia da posse lhe pediram uma colocação para João da Cruz. Lhe deu a chefia de atendimentos gerais, encarregado de acompanhar a obra da estante à mesa de leitura e retorno. Cumprimentava-o toda manhã, ao chegar, chamava-o para o café no gabinete, enciumando os colegas. Levaram a Raul os três volumes do *Orbe seráfico* com as ilustrações cortadas a gilete, o doutor João da Cruz, como chefe, devia conferir, na devolução, a integridade das obras. E como sabem que não conferiu? Se o tivesse feito, doutor Raul, teríamos pego o ladrão, era seu dever, nunca aconteceu com qualquer exemplar da coleção joanina. Raul chamou João, como foi acontecer isso? Estou aqui há um mês, essa obra não passou pela minha mão, foi mutilada diretamente na estante. E o senhor me diz que nada viu, perguntou Raul olhando-o de cima. A segurança não é atribuição minha, respondeu, olhando-o nos olhos. Está bem, pode ir. Posso saber o que fará? Abrirei inquérito. Quanto a mim, sinta-se à vontade, se quiser peço demissão. Não precisará, demito-o eu.

— Pertenci à Sociedade Imperial de Contempladores de Livros. No início contemplávamos as obras da Grande

Biblioteca que nos vinham à mesa. Eu mesmo cansei de pedir volumes que não leria, por desinteresse ou ignorância. Procurava um título no fichário ao fundo, à esquerda de quem entra, passando a sala das vitrines. Por exemplo, *Tratado dos hemítonos na ópera de Verdi.*

A Sociedade foi fundada, depois de algumas horas de controvérsias num pequeno hotel em frente à Biblioteca, por quatro contempladores com algo em comum, ainda nebuloso naquela tarde de outubro. Pusemos anúncio em jornal. Na segunda reunião, apareceram cinquenta e quatro contempladores, na terceira, bem, não houve terceira. Tantas foram as brigas, se contemplar apenas nas bibliotecas públicas, se também nas livrarias que nós, os fundadores, assustados, passamos à clandestinidade. Nossa ousadia foi ao ponto de subirmos aos andares do grande edifício para contemplar em pleno expediente, tínhamos aventais de buscadores de livros, crachás, espátulas, tudo. Fomos capazes de ações vis, como subornar humildes servidores para pretextarem doença enquanto, mal disfarçados, tomávamos o seu lugar, quase sempre com a leniência de chefias, como aquele poeta catarinense protegido do diretor. Ao fim e ao cabo, achavam o nosso vício inofensivo. Fazíamos qualquer coisa para contemplar.

Da diversão ao crime foi um passo. Substituímos títulos de obras, parcial ou integralmente. A essa altura, a Sociedade tinha invejável logística, seções de impressão e despache. Em trinta dias produzíamos um livro vicário, assim os chamávamos, como o *Eustáquidas,* de Santa Maria Itaparica, 1789, poema sacro e cômico que nunca existiu. Antes de nos descobrirem, trocamos capítulos de livros, nomes de personagens, desfechos de tramas trabalhosamente arquitetadas por grandes e pequenos autores, não distinguíamos. A única restrição era não mexer em livro de vivos.

Comprovando que quase ninguém lia o que proclamava, enquanto os verdadeiros leitores não se importavam com o que liam, nos especializamos em implantes. Dou um exemplo. Lá está no *Carolina*, de Casimiro de Abreu, "em nada podemos estar firmes, pois vivemos no meio de mil revoluções diversas e os homens são semelhantes aos rios que apressadamente correm para o mar", na verdade isso é do *Reflexões sobre a vaidade dos homens*, de Matias Aires.

A finalidade inicial da Sociedade e perdera. Convertêramo-nos em frios escróqueres, embora sem nada ganhar de material. Até que um de nós mutilou o *Orbe seráfico*, do benemérito Frei Antonio de Santa Maria Jaboatão. O diretor da Biblioteca chamou a polícia, os jornais e os políticos cobraram rigor na apuração e no castigo. Em uma semana, prenderam o vice-diretor de obras raras, que acusara o poeta preto catarinense, recém-nomeado. Raul o chamou ao gabinete, tinha certeza de que você era inocente, aqui pisamos em ovos. Já enfrentei isso, disse João. Como reparação, vou promovê-lo ao cargo que era do ladrão, dobrará o salário. Obrigado, doutor Raul, não posso aceitar. Aceitará, pela minha honra.

Em um ano, ao se radicalizar a luta política, Raul foi demitido da Biblioteca. João da Cruz estava outra vez sem nada. Reabriram o inquérito, ele voltou a ser intimado como suspeito. Indignado com o que lhe pareceu retaliação, Raul foi à chefatura de polícia acompanhado de um repórter, fizeram-nos esperar, ele invadiu o gabinete, já não tenho poder, mas tenho honra. O outro pôs a mão no coldre, um chefe de polícia, doutor Raul, vive pisando em ovos.

No dia de Natal, João recebeu a notícia de que Raul se matara.

No velório, se sentou ao lado de um rapaz cheirando a ca-chaça. Os dois se sentiam deslocados. Era excêntrico como eu, disse João, puxando conversa, voa agora no éter transluzente.

— Tenho dificuldade em imaginar esse lugar.

— Pense em nuvens cada vez mais pesadas, mais densas, correndo como cortina de brumas sobre o sol que faz lá fora. Acabará chegando às brumas primitivas. É aí.

Calaram um tempo.

— Eu apreciava nele o estilo, continuou João. Seu vocábulo podia ser música ou trovão. Tinha nitidez visual, olfativa, pa-latal e acústica.

— Já eu apreciava nele a posição política.

— Qual era?

— Maximalista.

— Essa palavra não existe.

— Existirá em breve.

O FABRICADOR DE DIAMANTES

O bonde entrou na rua de ficus e cercas de madeira. João comprara goiabada de Campos para um colega de repartição doente. Não tinha Olegário, recitador de poesia em aniversários, como amigo, mas lhe tomara dinheiro emprestado sem juros duas vezes. Desceu em frente à casa, uma garota de vestido escuro o esperava, papai morreu. Já lhe passara a caixa, de goiabada, Olegário nunca mais comerá goiabada cascão.

No cemitério, viu uma moça ajoelhada, depositando flores. Se olharam, na saída João da Cruz se apresentou, nunca vi menina como tu. Já não sou menina. Orfã de pai e mãe, vivia com a madrinha, irmã de Olegário. Noivando na saleta abafada, João a comparava com Pêdra, a copeira dos Filkenstein, uma era negra, outra afra, tentada pelos verdes pomos, entre os silfos magnéticos e os gnomos maravilhosos da paixão purpúrea. Tocava piano, recitava, queria filhos. João a imaginava explosiva, pagã, arrependida, carne votada à incúria. Se chamava Núbia.

Inocentado, em definitivo, do furto da Biblioteca, João passou na prova para arquivista da Central, podia pagar aluguel, casaram. Núbia não cuidava da casa, acordava tarde, passava o dia lânguida. Se dava com os vizinhos, o marido saía no meio da manhã, ao voltar de madrugada atirava a perna sobre sua anca, rosa negra da treva, flor do nada. Outras vezes, ao pressenti-lo entrar, Núbia pulava da cama, ficavam cara a cara. Vem deitar, sussurrava. Tiveram dois filhos em cinco anos.

Moravam numa casa de porta e janela em rua pedreguenta. Precisamos de mais uma lamparina, se queixou Núbia, os meninos mijam na cama com medo de lacraias e fantasmas no banheiro. Na idade de vocês, em Desterro, meu medo era o mão-de-cabelo, disse o pai, desapareceu.

— Lacraias não desaparecem.

— Se jogar querosene nos ralos, sim.

— E fantasmas, perguntou o filho maior.

— Se vestem de lençóis brancos. Se existissem, tu os verias.

— Também tive meu medo.

— Qual era, mãe?

— A hóstia virar sangue na minha boca.

— Não sei o que é hóstia, disse o filho menor.

— Um mistério.

— Só há um mistério, minha amiga, disse o pai, com delicadeza. A criação.

— Os meninos não sabem o que é criação.

— Explica pra eles, minha amiga.

— Já reparou que você só me chama de minha amiga, não de minha mulher?

O marido lhe corre a mão pela cabeça:

— Onde puseste a lamparina que aquela vizinha te ofereceu?

— Você me proibiu de aceitar.

— Na ocasião não tínhamos dinheiro pro querosene.

— Não foi por isso.

— Por que foi então?

— O seu orgulho.

— Não tenho mais.

— E ela não tem mais a lamparina.

Se preparam pra dormir. Não passavam fome, mas iam dormir com fome.

— Uma coisa, minha amiga. Tu também és orgulhosa.

Núbia tirou do guarda-comida uma pera e uma pinha:

— E não esquece de tomar tua pílula.

— Sinceramente, não sei de que adianta.

— Vem deitar.

O filho mais velho pediu a bênção:

— Mãe, por que nas poesias meu pai fala em Eternidade, coisas assim?

— Vai deitar.

Primeiro, Núbia estranhou a frieza do marido. Ao voltar de madrugada, já não atirava a perna direita sobre sua anca. Se deitava preocupado em não ranger a cama, não acendia a lamparina. Cheirava a vinho de qualidade. Quando já tinha certeza, encontrou quatro poemas à amante. Seguiu-o numa tarde de vento e chuva, que sobre as telhas tamborila e rufa, se escondeu atrás de árvore, viu-o entrar e sair de um palacete.

Ao retornar, de madrugada, João estranhou vê-la sentada na cozinha. Tinha chorado.

— Quem é essa mulher branca?

— Como sabes que é branca?

— Você não goza com negras.

— Gozo contigo. És mãe de meus filhos. Sempre te amarei.

Núbia tirou os poemas do seio, jogou-os em cima da mesa:

— Precisas de brancas como de vinho. Vinho branco, alemão.

João não teve medo de magoá-la:

— Foste atrás de mim?

— Fui. Vi você entrar e sair, mas a prova da traição está aqui.

Pôs as duas palmas sobre os poemas:

— Essas palavras difíceis não são para mim.

— Queres dizer que só as uso para mulheres difíceis?

— É o loiro cadáver branco da virgem da Alemanha.

— Se já sabes, pra que confessar? Só te deixaria, Núbia, por uma mulher de qualidade.

— Então vai me deixar.

— Não falei isso.

— Provavelmente ela não te quer. Te quer mas não ficará contigo, não sairão juntos, não terão filhos.

— Uma maldição.

— Por que não se contenta com o que tem?

— Uma metade de mim está aqui, outra não está.

— Nenhuma mulher rara vai te querer realmente.

— Dá no mesmo, Núbia. As palavras difíceis também não me querem.

— Ela sabe que é tuberculoso?

— Um dia escarrei sangue na sua pia.

— Sabe que você vai morrer em um ano?

— Um ano e meio.

— Ficou triste?

— É uma tristeza de não sei donde. Ah, Núbia, ela também é tísica, arbusto débil, monja magoada dos estranhos ritos.

— De onde a conhece?

— De Desterro.

— Que faz aqui?

— Nada. É rica.

— Como se chama?

— Não te direi.

— Vem deitar.

Núbia fez bifes de grelha sangrentos para almoçarem domingo. Pediu aos filhos que imaginassem, na mesa de pinho, porcelanas de frisos doirados entre franjas loiras de alfaces lavadas, maciças, frescas. Estava falante. Antes de servir, contou uma história que lera. Dois desconhecidos se encontram certa noite no cais, perto da ponte Waterloo, em Londres. Contemplando a sujeira do rio, trocam confidências. Um era normal, o outro tinha aspecto fino e não era feio, embora estivesse muito pálido, sujo, barbado e cabeludo. Sabia física, química, mineralogia e, desde os dezessete anos, encasquetou que fabricaria diamantes. Para realizar a sua ideia, atirou tudo fora, nome, fortuna, posição. Se renunciasse a ela, em nome da existência material, não teria durante toda a vida senão remorsos. Mostrou ao colega, em primeiro lugar, um verdadeiro seixo que tirou de um saquinho pendurado no pescoço. Sabe o que é isto? O outro reconhece na pedra alguns sinais de diamante bruto, mas, à vista da miséria do portador, pergunta você a achou, não eu fabriquei, onde e como você o achou, eu o fabriquei, já disse. Contou que com os estudos e a herança correu atrás do sonho, comprou instrumentos, aparelhos. Depressa as suas experiências devoraram boa parte dos bens. Resolveu diminuir os gastos pessoais. Trabalhava só e às escondidas, com medo de dividir os lucros que sua indústria daria. Estava na maior miséria quando, aos trinta e cinco anos de idade

— A idade de papai, mãe.

obteve um diamante de verdade, não pó ou cristais microscópicos, como os alquimistas que tentaram antes. Só que, para obter um diamante de tamanho razoável, era preciso tempo de cristalização. Calculou em dois anos. Tinha que ter o forno aceso dia e noite, estava sem recurso algum. Que fazer? Vendi jornais, vigiei cavalos, abri portões, levei recados de párocos e de amantes, aluguei minhas costas para anunciar xarope, chegada de circo, cura de sífilis, ações de companhia colonial. Cheguei a mendigar para comprar combustível. Afinal, um belo dia, quebro o cadinho e encontro diamantes. Quero vendê-los, mas ninguém acredita que um pobretão possua diamantes, muito menos que os fabrique. Quando tento fazer negócio, chamam a polícia. Fujo e, assim, me levo errabundo, sujo, esfomeado, a vagar pelas ruas de Londres, maltratado por todo mundo, com uma riqueza pendurada no pescoço.

— Como termina a história, mãe?

— O fabricador de diamantes se atirou no Tâmisa.

Bateram palmas no portão. Era um rapaz distribuindo um panfleto.

Enfim, a cura da tuberculose. No meu consultório, à rua Mariz e Barros, 35. Uma consulta por semana, fornecendo o meu específico — 30$000. Na tuberculose incipiente, quatro consultas bastam — 120$000. Na tuberculose declarada crônica ou subaguda, para a cura, dez consultas — 300$000, em primeiro período. Na tuberculose, segundo período, não febril, quinze consultas, para cura — 450$000. Na tuberculose aguda, primeiro e segundo períodos, febril, permitindo o doente vir ao consultório, de quinze a vinte consultas — 450$000 a 600$000. Na tuberculose, em começo do terceiro período — um conto a dois, conforme a resistência da moléstia. Haverá mais barateza? Não obstante, propalam que sou um careiro! E gastam com viagens e outros profissionais contos de réis para terem a certeza de falecer. Dr. Platão de Albuquerque.

Uma vizinha ofereceu a Núbia complementar o orçamento costurando calças de brim para fora, alugava a máquina. A mulher de João andava alegre, cantava limpando a casa, na feira lhe davam descontos, escondiam para ela o melhor quiabo. Sem razão ficou muda, emagreceu, batia portas, se afastava do marido na cama, não mandava os filhos à escola, João chegava faminto não tinha janta. É por causa da mulher branca de Desterro? Em resposta, cantou para ele uma coisa que lhe ensinara quando noivos, I hate to see when the evenin' sun go down. Esse buraco será, recitou ele, a dor das tardes que fazem esmaecer as asas pelo espaço em voos desgarrados como a oração final dos tristes naufragados, longinquamente, além, tênues. Tal buraco nem a tua família preenche? Preencheria não fosse o que me vem quando o sol se põe. Pediu a João fosse com ela à macumba. O quimbandeiro despejava um saco de maisena na bacia-d'água, esculpia no grude esqueletos de dois palmos, enterrava. Se chamavam todos Lilly. Na volta, ele a proibiu de fazer cabeça como queria. Com o tempo, Núbia acreditou que Lillys moravam nas gavetas de casa, fechava-as com cuidado ao cair da tarde, botou chave nos armários. O marido se importou pouco, até que de madrugada acordou com batidas de martelo, ela pregava as gavetas do guarda-vestidos. À tarde incomodava as vizinhas, se Lilly escapa ai de nós. Perambulava no bairro, batia palmas, pelo amor de deus feche suas gavetas. No armazém, lenço de pintinhas na cabeça, arregalava os olhos, já fecharam o caixa? Quem é Lilly, perguntavam, respondia com os olhos vermelhos. Caiu de cama, vomitava, o estômago querendo sair. Os filhos contaram ao pai que a mãe tomara um copo de urina de bode com olho de pombo e asa de morcego macerados. João foi com a polícia à casa do bruxo; se mudara. Alisava a cabeça de Núbia, acabas com a família, como podes acreditar naquilo, te ensinei versos em inglês, rudimentos de ciência, teu temperamento entorta muito para a África, é necessário fazê-lo endireitar para o lado da regra até que, como o meu, regule certo como um termômetro. Acredita nisso, perguntou Núbia.

Ilha do Governador, Rio, 1897

Evelina ganhou o concurso de contos para jovens de A Tribuna. O pai convidou os jurados, na semana seguinte, para almoçar em casa, comprou azeite português, duas garrafas de vinho, Prisciliana fez cozido. Só veio um jurado, João da Cruz. A premiada e Afonso, dois anos mais velho, recitaram em dupla um soneto dele, beleza morta, de leve, louro e enlanguescido helianto tensa flórea dolência contristada, no teu riso amargo um certo encanto de antiga formosura destronada, no corpo, de um letárgico quebranto, corpo de essência fina, delicada, sente-se ainda o harmonioso canto da carne virginal, clara e rosada, sente-se o canto errante, as harmonias quase apagadas, vagas, fugidias e uns restos de clarão de estrelas acesas, como que ainda os derradeiros haustos de opulências, de pompas e de faustos, as relíquias saudosas da beleza.

O senhor faz poesia etérea, comentou o pai, depois de aplaudirem. Também já fiz da outra, respondeu João, meus versos são uma túnica carnavalesca para eu me apresentar do outro lado. O pai temeu conversa fúnebre na frente dos filhos, recém perdera a mulher. João da Cruz estava falante:

— Quando digo carnavalesca quero dizer disparatada, quando digo do outro lado é a região em que tudo daqui tem seu duplo.

Afonso, que se sentia adulto, perguntou se o visitante falava de correspondências.

— Falo.

— Tudo se corresponde?

— O daqui com o de lá.

— Pois outro dia minha irmã me perguntou a definição de simbolismo.

— Era um tipo de medalha partida em duas, cada pessoa guardava uma, se reconheciam algum dia ao juntá-las.

— Como se uma fosse, a outra ficasse.

— No futuro inventarão uma forma de estar e não estar.

— Como assim?

— Penso num dispositivo de luz.

A madrasta serviu compota de laranja, depois café. O pai ordenou a Afonso acompanhar o poeta à estação. Da carroça, viram um trabalhador repousar a enxada, enxugar a testa:

— Vou lhe apresentar Felizardo, disse Afonso.

— Não, não, pediu João da Cruz.

— Não usa túnica carnavalesca, mas é boa pessoa.

— Acredito. É que estou cansado.

No caíque, atravessando o canal, João da Cruz retomou a conversa. Fora grosseiro. Tossia.

— Vi que tens pena de pobre.

— Tenho compaixão.

— Te dou conselho, meu filho. Não tenha.

— Por quê?

— Tira do pobre o que lhe resta.

— O senhor foi pobre?

— Sempre.

— Ainda hoje?

— Sua madrasta, a...

— Dona Prisciliana.

— ... lembrou minha mãe. Boa e ignorante.

Encantado, Rio, ainda 1897

Certa tarde de poente sangrento, João da Cruz saiu de casa para caminhar em sua direção. À direita lhe fica a estação, à esquerda os trilhos para a cidade, em frente a ponte que atravessa os trilhos. Sente uma pedrada no braço. Não é para mim, pensou. As pedras chegam a esmo, conforme anda se empilham à sua frente e dos lados, o monte da direita cresce tão rápido quanto o da esquerda, a ponte já quase sumiu. Olha para trás, está certo de que se amontoam também ali onde ficou a sua casa. Discutira com a mulher, por que você usa palavras que ninguém conhece? Porque as conheço. Poderia dizer o mesmo com palavras comuns. Não me elevaria. E para que precisa se elevar? Conclua você mesma.

As primeiras pedras despencaram com barulho, agora caem em silêncio, a rigor não caem, se levantam de uma pedreira abismal, para onde tudo vai, para onde tudo voa, confundido, esboroado, à toa. Em pouco tempo, onde fora a estação, a ponte, os trilhos, o caminho por onde viera, só há pedras. Abaixa para tocar uma, as da base são porosas, as pequenas sustentam as grandes. Quem ordenara emparedá-lo dessa forma, sem aviso, que potência, que desígnio, que forma vaga, fluida, cristalina, que infinito espírito disperso, edênico, aéreo o atraíra para o poente vermelho? O Ordenador de Pedras queria punir o pobre preto que teve a audácia de fazer versos, como se aqui não fossem todos mais ou menos pretos e todos não fizessem versos. Dissera do seu trono cristalino: "Não se aborreçam mais com ele. Ponham uma pedra em cima." Harpas Eternas intercedeu, "Vamos lhe dar uma chance. Quem não pecou atire a primeira pedra." O Ordenador respondeu, "O problema é que ele nunca aproveitará. Sua única chance é a Noite, mas isso não é conosco." Com quem, então, será, tornou Harpas Eternas. "A mim não interessa, ela que o ressuscite dos Sepulcros Solenes do Passado, se tiver paciência."

De caso pensado, o Ordenador lhe permitira noivar com a arte, depois lhe mandou um saco de desgraças, inimigos, polícia, loucura, tuberculose, emprego ruim, emprego nenhum. Como persiste no ideal, no inefável, no misterioso, lhe jogam pedras, pedras e mais pedras, de baixo, não de cima, como é lógico, se não reconhecêssemos pedras no caminho não existiríamos, viveríamos cheios de equimoses, galos, hematomas, luxações, nossa existência se deve a reconhecê-las com as retinas de nossas vistas cansadas. O Ordenador de Pedras mandou, então, lhe darem o que merecia, certa tarde em que decidiu caminhar para o poente sangrento, primeiro as de pome, as ume, as sabão, depois as de fogo, de granito, roladas, pedras-ferro, otás de xangô. E mais pedras, mais pedras se sobrepondo às pedras já acumuladas, mais pedras, mais pedras e as estranhas paredes subindo, subindo, mudas, longas, negras, terríficas, até as Estrelas, deixando-te para sempre perdidamente alucinado, emparedado dentro do teu Sonho.

Sinceramente empenhada em salvá-lo, Harpas Eternas falou à Noite. Esta lhe montou uma peça. Começava com Noé, arrependido da cumplicidade com Deus na inundação do mundo. De remorso, se embriagou, apareceu nu para o filho Can, este, ao invés de cobri-lo, chamou os irmãos, estes pediram a Deus que o amaldiçoasse, fazendo-o e a todas as suas gerações da cor da noite, assim os anônimos, que foram escravos, como os famosos, que foram senhores. Com seu talento dramático, dispôs que estuprasse mil vezes a Mulher Loira, afogasse no tanque do jardim os filhos mestiços que gerassem. Chama a isso de saída, perguntou por perguntar o Ordenador.

Quando as pedras o cercam completamente, anoitecera, em meio aos sonoros guizos dos grilos nas folhagens mudas de sombra. O ocaso terminava vermelho como se houvessem passado nas nuvens enorme esponja grossa embebida em sangue. Ouve ranger uma porta do lado esquerdo. Desata o colarinho, corre. Há um armazém, entra pra pedir água, não o atendem, só uma vez, no futuro, entrará ali numa tarde de chuva, hoje sequer o cumprimentam, também não é lugar de água, nem torneira tem, a privada fede. Se voltar atrás enfrentará pedras, mais pedras. Há uma ladeira à direita, crianças cantam roda. Esgotara as possibilidades de sentir o mundo. Não há dor, só medo de morrer sepultado. Vira todas as auroras, só a sensação de arte para me tirar desse oco. Se morrer agora, não importa, hoje estou, amanhã não estarei.

No alto da ladeira há uma casa de quatro águas. Abre o portão, passa por canteiros de tinhorões, begônias, dálias. No escritório, que também é quarto, um moço fuma numa cadeira de balanço.

— Podes me dar refúgio?

— Contra o quê?

— Um emparedamento.

— Aqui em casa é difícil. Ouve esses gritos?

— Ouço.

— Está emparedado há dezoito anos. Se pudesse dar refúgio daria a ele.

— O que o emparedou?

— Nunca disse.

Oferece a João da Cruz uma cadeira de palhinha furada.

— Que está lendo?

— Esse horrível Nietzsche. Me dá medo. O mundo não terminará em esporte e droga.

— Se não podes me dar refúgio, saio. As pedras despencarão sobre mim.

— Despencarão aqui ou fora. Sente e vamos conversar. O que faz?

— Fabrico diamantes.

— O senhor já veio a minha casa.

— Estás enganado. Nunca vim, mal conheço o bairro.

— Se não veio, virá.

João da Cruz ameaçou se levantar:

— Obrigado pela palavra amiga. Me sinto melhor. Tenho mulher e filhos, estarão preocupados.

— Eu não. Me casei com os livros.

— Também acreditei nisso quando rapaz.

— Só amam a quem os ama inteiramente.

— A família?

— Os livros.

— Pensei que teu dever de escritor e justiceiro é animar os confrades.

— Pensou errado. Nunca disse isso.

— O original e o decisivo não é o racional e o transparente, mas o inefável e o mistério.

— Diz isso porque é negro.

— A frase é de Nietzsche.

— Ao contrário dos alemães, o negro não inventou nada que sirva.

— Minha mulher, Núbia, diz a mesma coisa.

— Como ela é?

— Deslumbrante e preguiçosa.

Sítio e Rio, março de 1898

A freira passou à sua frente, carregando um jogo de toalhas esgarçadas e dois quadradinhos de sabão amarelo. É pequena e magra, tem o rosto em V, o olho direito mais estreito.

— Tem pijama?

— Não.

— Mandarei o menino trazer. Ponha-se a gosto. A viagem cansou?

— Normal.

A janela dá pro pátio. No espelho do guarda-roupa, João da Cruz toma um susto, a doença lhe dera cor de sapoti, olhos que foram olhos. Mentira à freira, o cansaço da viagem foi grande, a febre doida, correra duas vezes à toalete com hemoptise. Por sua vontade não viria. A vaquinha que os amigos fizeram para o sanatório cobriria dois meses de armazém e feira. Uma coisa não exclui a outra, vá para Minas, repouse um mês, depois veremos, dissera J. Na véspera, mandou lhe entregar em casa dois pijamas e nove camisetas. Núbia se esquecera de pô-los na mala, passava vergonha com a freira. Tem pijama? Na semana anterior mandara um bilhete a J., Não sei se está chegando realmente a minha hora, mas esta manhã tive uma síncope tão longa que supus ser a morte, estou sem vintém para remédios, para leite, para nada! Núbia diz que sou um fantasma que anda pela casa.

O médico veio vê-lo, não tinha cara de médico. Olhou a ficha, anotou a temperatura, o importante, a partir de amanhã, era a caminhada matinal pelo parque, é cor-de-rosa e de ouro, estranhos roseirais nele florescem, folhas augustas, nobres reverdecem de acanto, mirto e sempiterno louro.

— Se vê que o senhor gosta de poesia.

— Como acha que aguento este lugar?

Sentindo mal-estar, chamasse a irmã estaria sempre perto, o senhor tem aqui esta campainha, não hesite em apertar, mostrou como se fazia, falhou, repetiu, chamou a irmã, troque esta porcaria, vou pedir ao menino, respondeu, há muitos anos havia ali esse parque, esse menino providencial, esse mal-estar, essa campainha de pressão, esse médico com cara de barqueiro, trazem-me os ventos negros calafrios, soluços das almas doloridas.

Não deu tempo de trocar a campainha, João da Cruz amanheceu morto. Não vamos enterrá-lo aqui, disse o médico ao administrador. Por que não? É que era um grande poeta, o maior que conheci. Todos passarão, a começar pelos que dizem todos passarão. Filosofia barata, não tem outra? Tenho, a grande música. Pobre homem. Pobre música, digo eu, mas recite alguma coisa dele, a ver se conheço. Capro e revel, com os fabulosos cornos na fronte real de rei dos reis vetustos, com bizarros e lúbricos contornos, ei-lo satá dentre satás augustos. O problema é que o trem que passa hoje pro Rio é só de cavalos e bois. Não leva passageiros? Defunto não é passageiro. Sabia que na capital federal o esperam ministros e o corpo diplomático? Vamos, então, falar ao embarcador de animais, a ver se faz uma exceção.

Antes de voltarem ao normal, a freira perguntou ao médico, e a carta. Que carta? A que ele ia mandar e o senhor guardou de lembrança. Será ruim para sua posteridade, mas pode ler, depois a destruiremos. O problema, se intrometeu o administrador, é que são longas as estradas, curta a piedade dos homens. O senhor também gosta de poesia? Nessas horas. E a carta, perguntou de novo a freira. Tome, pode ler, Adorado N. Estou em má-fé de enjoo físico e mentalmente fatigado de ver e ouvir tanto burro, de escutar tanta sandice e bestialidade e de esperar sem fim por acessos na vida, que nunca chegaram. Estou fatalmente condenado à vida de miséria e sordidez, entre a doença e uma indolência persa, bastante prejudicial à atividade do meu espírito e ao próprio organismo que fica depois amarrado para o trabalho. Não sei aonde vai parar essa coisa. Estou profundamente mal, e só tenho a minha família, só te tenho a ti, a tua belíssima família, o H. e todos os outros nobres e bons amigos, que poucos são. Só dessa linda falange de afeições me aflige estar longe e morro, sim, de saudades. Não imaginas o que se tem passado por meu ser. Tudo está furado, de um furo monstro. Todas as portas e atalhos fechados ao caminho da vida, e, para mim, pobre artista ariano, ariano sim porque adquiri, por adoção sistemática, as qualidades altas dessa grande raça, para mim que sonho com a torre de luar da graça e a ilusão. Quem me mandou vir cá abaixo à terra arrastar a calceta da vida! Para quê? Um triste negro, odiado pelas castas cultas, batido das sociedades, mas sempre batido, escorraçado de todo leito, cuspido de todo lar como um leproso sinistro! Pois como! Ter estesia artística e verve, com esta cor? Horrível! Sou um coração partido. Broken heart! Broken heart! Adeus! Saudades infinitas à tua encantadora família, e que eu lhe desejo bons anos de ouro e de festas alegríssimas no meio da mais soberana das satisfações. Abraça-te terrivelmente saudoso. João da Cruz. P. S. Obrigado pelo pijama e as camisetas.

Há uma segunda carta, informou o médico. De quê? De amor, a senhora não gostará. Como sabe? Então leia, Quando eu tiver já de uma vez partido, ó meu amor, ó muito meu querido amor, meu céu, meu tudo, ó minha santa, nada te quero esconder. Aquela moça, Mairim Filkenstein, largou o marido e mudou para a Corte. Não tinha filhos. Ficou tísica logo depois, mais linda. Continuou a fingir que me desdenhava, acabei na sua cama. Tu me contentas com tua boca rasgada, tens gosto doce, ela me satisfazia como corça, tem gosto de essência, tu és magnífica, ela é esquisita. Não se preocupe, nossa paixão morrerá no seu útero. Teu sexo é vermelho no fundo de tuas coxas sombrias, o dela é rosa pálido, no fundo de coxas magras, vivas. A única coisa que tu me dizias, teu poema de amor, era Vem deitar. Ela chorava mordendo meu ombro, seus poemas de amor eram gritos atravessando os corredores do palacete. Fiz versos a esses gritos. Tu vives perfumada, ela nunca escondeu o acídulo das axilas, dos seus orifícios escapava um odor de queijos renanos. Não te pedirei perdão, Núbia, Broken heart! Broken heart! Tu também morrerás em breve, imagino-te

O FABRICADOR DE DIAMANTES 67

tossindo sangue, em seguida os dois meninos. Eu inventei o que tu ias me dizer, desde aquela tarde no cemitério. Estavas muda, eu te dei fala. Quando eu partir, que eterna e que infinita há de magoar-me a dor de tu ficares. Sempre quiseste saber por que amo mulheres brancas. Quando era menino entrei uma noite, sem querer, no quarto da senhora de minha mãe, estava nua, o escuro à sua volta gerava o branco. P. S. Devo cinco mil-réis ao correspondente da Associated Press, Clement, manda-lhe um bilhete dizendo que espere mais um pouco, por favor. Do teu João da Cruz.

Posso guardar esta carta pra mim, pediu a freira. Se fizer bom uso, pode, lerá em dias de solidão. Para você toda freira é solitária. A senhora pode não ser, mas tem o coração partido. O senhor já não tem cara de médico, quer agora penetrar no meu interior? Quero. Faz um ano, disse ela, que toda me entreguei sem escrúpulos. Suponho que não esteja me cobrando nada, também faz um ano que devia ter deixado esse hospital. Agradeço-te, do fundo do coração, as mortificações que me causaste, e aborreço a tranquilidade em que vivia antes de conhecer-te. Isso parece alguma coisa que a senhora leu. Em nada mais faço consistir a minha honra e a minha religião do que em amar-te perdidamente toda a vida já que comecei a amar-te. Se os homens tivessem mãos na razão quando escolhem seus amores, mais se inclinariam às religiosas que a outras mulheres.

68 *Joel Rufino dos Santos*

Isso também parece alguma coisa que leu, Augusto. Nunca me havias chamado pelo nome.

Tinham de convencer o chefe da estação. A freira sugeriu que o procurassem em casa da guria. Esta informou que ele estaria jantando na tasca da rua do consome-homem, número tal, se não estiver voltem aqui e esperem. Se me pagarem essa refeição e o que aqui se costuma seguir, propôs o chefe da estação, o embarcamos em silêncio. O administrador enviou, então, um telegrama a quem pagava a internação, segue em trem ainda hoje. Na cauda do comboio, no carro de cavalos e bois para abate, deitam o morto sobre jornais, pode ser lambido e cagado, conforme o trem descer a serra escorregará para a frente, no Rio será difícil retirá-lo, trouxinha marrom entre patas e focinhos, olhos que foram olhos, dois buracos agora fundos, no ondular da poeira, nem negros, nem azuis e nem opacos.

O corpo foi para o São Francisco Xavier. Olha, disse a viúva, o dinheiro desse enterro daria muitos meses de armazém e feira. Uma coisa não exclui a outra, disse o amigo benfeitor, repouse em paz, depois veremos.

No velório, apareceu um moço desconhecido. Se levantou, olhou a cara de João da Cruz, comentou com a viúva:

— Era muito diferente de mim.

— Como assim?

— Era simbolista.

— O que quer dizer?

— Que uma metade fica, outra vai.

Caminhavam entre carneiros. Ele recitou para ela, sim bendita a cova estreita, mais larga que o mundo vão, que possa conter direita a noite do teu caixão. Ela recitou para o desconhecido, lhe deu o braço, boca de dentes límpidos e finos, de curva leve, original, ligeira, onde os olfatos virginais, falazes, caveira, caveira.

Andaram um pouco.

— Agora que ele morreu, preciso saber de tudo. O que achava dele?

— Que era muito orgulhoso.

— Isso já sei.

— Se considerava ariano por adoção. Seu espírito voava num mundo sem negros.

— Isso já sei.

— Era um ser murado.

— Emparedado.

— É a mesma coisa.

— Pouco antes de viajar e morrer teve uma visão. Pedras sobre pedras o cercaram.

— Tenho uma teoria.

— O senhor ainda não disse quem é.

A colher do coveiro raspou a sobra de cimento. Uma mulher desconhecida depositou uma rosa, tísica e branca, esbelta, frígida e alta e fraca e magra e transparente e esguia tem agora a feição de ave pernalta de um pássaro alvo de aparência fria.

— Minha teoria final é que de tanto fingir que era outro fez brilhar o que era.

— O senhor disse teoria final?

— Disse.

CLAROS SUSSURROS DE CELESTES VENTOS

Rio, maio de 1909

— Os estudantes pretendiam invadir o quartel. A guarnição se postou na calçada, sem falar, é claro, dos praças que apontavam armas de suas guaritas. Alertei-os, não deviam se aproximar. Dispus dois cavaletes de forma a estabelecer uma linha imaginária, paralela ao muro e ao meio-fio. Os estudantes continuaram a avançar. Saquei da pistola e atirei para o alto, há testemunhas, sem falar da balística. Fiquei surpreso ao ver que alguns sangravam. Mandei socorrê-los, não se podia esperar outra coisa de um oficial do exército brasileiro. Não conhecia o morto, não conhecia, aliás, nenhum dos estudantes. O fato é que atirei para o alto. Os que votarem, daqui a pouco, por minha condenação é por odiarem militares, têm lá seu motivo, mas lembro que um não é o todo, de minha arma saiu um tiro para o céu, se não é blasfêmia. Quem fuzilou o rapaz, se o verbo não é forte, está solto por aí, talvez um próprio colega para jogar o povo contra as forças armadas. A farsa dura três dias e duas noites, os jurados dormem a maior parte do tempo. Um deles, o que é funcionário da guerra, achou uma barata no jantar, quando protestou foi afrontado por outro, o peixe à brasileira estava muito bom. Se eu tivesse atirado à queima-roupa, o rapaz iria a óbito de imediato, mas não, estrebuchou, mandei socorrê-lo, tinha uma bala pelas costas, como sairia de minha pistola se estávamos frente a frente? Não compro nabos em sacos. É possível haver uma barata no jantar, mas o que tem a ver? Contra fatos não há argumentos. Sim, ponho-me no lugar da vítima. Estudante de engenharia, meteu-se em política ao invés de estudar. O pai, administrador de fazenda, rala enquanto ele invade quartéis. O jurado da barata na comida, ponho-me também no seu lugar, é o crioulo que olha o magistrado de cima.

— O crioulo que olha o magistrado de cima sou eu. Contra fatos, não há argumentos. Doutores e tenentes, como esse Iperoig, vão desgraçar o Brasil. Proclamaram a república, que é irreal, impuseram a ditadura, que foi sórdida, são burros, sanguinários, todos são um. O Iperoig atirou num baderneiro para defender seu quartel, digamos em seu favor, mas o que está em jogo é a presunção de matar em defesa da ordem. Quem quer ser lobo não lhe veste a pele. Não dou vinte anos para nossos militares seguirem um novo manipanso, provavelmente do Sul. O cacique entediado e asmático de Alagoas gerará um centauro dos pampas. Sim, olho de cima esses representantes da plutocracia. Nasci livre, se sou jovem e forte não devo a eles, pelo contrário. Assim que puderam, os jurados se jogaram nos colchões, mesas, tapetes, comeram, entupiram as privadas. É o Brasil. O milico será absolvido, não com meu voto. Nem ingrato nem mulato.

— Nós, oficiais do exército brasileiro, não temos preconceito de cor. Pretos gostam de reis, acreditam que a Isabel lhes deu a liberdade, só que a evolução social é inevitável, sobrepassa a vontade dos homens. Com a ciência, a humanidade como um todo pensará e sentirá positivo, apoiada na matemática decifrará um por um os segredos do mundo. A ordem por base, o amor por princípio, o progresso por fim. Me aborrece esse ritual de justiça, queria estar longe daqui, reencontrar a moça de cabelos fulvos que foi pedir pelo padrinho, um sonhador que fuzilamos, Quaresma era seu nome, se bem me lembro.

— O major Vital é um que votará pela absolvição. Sua escolha como jurado foi armação dos milicos. Seu caso passou por minha mesa, na secretaria. Tem cara de sapato velho nunca engraxado, mas foi moço bonito, olhos à superfície da cara. Lutou no Paraguai, andava de cima pra baixo fardado de major honorário, obteve honras militares. As honras foram aumentando, um belo dia surgiu em Pernambuco um homônimo, branco, que também esteve em campanha. Papéis pra cá, papéis pra lá, o branco foi considerado o de direito. Vital perdeu a pensão de servente da Guerra, ficou na miséria. Lhe dei umas roupas velhas e uns cobres, tomamos cerveja. Aqui no júri se crê importante, nem me olha. Não tenho convicção de que seja ele o verdadeiro major, pode ser outro, um terceiro. Faz qualquer coisa para compensar a cor e a pobreza. Está vendendo o voto na absolvição do Iperoig. Outro que votará pelo milico é o Tibúrcio, que perdeu as duas pernas num acidente, em cima das andas é como se montasse um corcel de guerra. Mata, esfola, derrota exércitos e esquadras. Derruba governos e conserta países. Se não fosse o aleijão estaria envolvido nas últimas mazorcas. No fundo é bom rapaz, algo inteligente, cavalheiro, mas maníaco de possuir um talhe de herói de Plutarco. Tem um revólver Nagant, que é mais um canhão, não dispara quando é apontado ou acionado. Ama a farda, sabe o nome dos oficiais de cor, seus corpos, suas particularidades.

— Não me sai da cabeça a moça que foi pedir pelo padrinho, nem lhe tomei o nome. Era fina, boas roupas, alfinete de ouro no chapéu, medalha coração de jesus, lhe explicaria o mal que faz a religião, fugiríamos para um sítio, casaríamos entre flores brasileiras do campo, no verão lhe ensinaria geometria sob as jaqueiras do quintal.

— Nasci pobre, mas gosto de mármores, estátuas, quadros e tapetes. Tenho muita simpatia pela gente pobre do Brasil, especialmente pelos de cor, mas não me é possível transformar essa simpatia literária, artística, por assim dizer, em vida comum com eles, pelo menos com os que vivo. Não reconhecem a minha superioridade, não têm por mim nenhum respeito, nenhum amor que os faça me obedecer cegamente. Não sei que luz estranha ilumina os espíritos superiores, suas imaginações esplêndidas parecem continuamente mergulhadas numa fosforescência translúcida. Há um mundo, uma natureza além das cousas terrestres superior a todas as cousas, em que vivem deuses fabulosos, arcanjos e sombras.

— Meu colega, capitão Meireles, desde cadete luta pela adoção dos pombos-correios no exército. Conhece anatomia e fisiologia das aves, leu tratados históricos. Falávamos de natação, de mulher, lá vinha o Meireles com pombos-correios. Me pediu para levar ao presidente, de quem fui ordenança, um calhamaço de cinquenta páginas manuscritas. Lê um trecho aí, me disse o presidente, estou cercado de visionários, A colombofilia militar evidenciou sua utilidade no último cerco de Paris, nenhuma nação europeia dispensou a telegrafia aérea, entre os auxiliares do exército se deve contar como um dos mais proveitosos os pombos-correios, blá,blá,bla,blá. O problema, acabei dizendo ao Meireles, é que você está atrasado, a missão do exército não é mais essa. Qual é então? É a regeneração da sociedade. Formados como a elite do povo, a nossa forte cultura científica nos prepara para governar no período científico-industrial, até logo. E saí, deixando o calhamaço sobre o peitoril da janela. Não se zangou. Votará pela minha absolvição.

— A monarquia há de voltar, aí quero ver. O chefe de polícia, Pulquério, que fez esse inquérito, é a besta mais imbecil do Brasil. Irritado, ignorante, esfomeado de dinheiro, bajula-se todo para manter o cargo. O seu relatório envolve platônicos monarquistas nos distúrbios de novembro, como se fazer propaganda da monarquia fosse o maior crime possível. Áulico, imbecil, sem capacidade para ser liberal. Desonesto, porque consente que seus filhos, eu os conheço, recebam subvenções de bicheiros, morem em casa de propriedade deles sem pagar. Disso sou testemunha.

— Concordo que houve excessos em nossa repressão. A república era uma planta fraquinha. Os militantes da monarquia sabiam do risco de se sublevar, não venham se queixar agora.

Esqueçamos o passado, temos também nossas feridas. Os arruaceiros que quiseram invadir o quartel são ingênuos, moços velhos, a vida não é poesia, há duas juventudes, a positiva, que salvará este país, e a bacharelesca, que o perderá, se deixarmos. Seus chefes passeiam em Paris e Veneza, eles aqui tentam invadir quartéis. Inocentes úteis.

— Nada me interessa mais nesse julgamento. Enquanto deblateram tomo notas para meu grande romance, o que conquistará o país e a crítica, a história de um amor frustrado pelo Brasil, decepções de um artista popular, desalinho das ruas suburbanas, estações de trem, uma certa Ismênia na cartomante, as unhas maceradas dos seus longos dedos mergulhavam na maciez de cabelos negros, queria o incrível, Tácito, ideia que mata, as paineiras cobertas de flores, rosadas e brancas, que, a espaços, caem com a doçura de ave ferida. Faço literatura por compensação, se fosse musculoso faria boxe.

— Começou durante a revolta dos sapatos obrigatórios. O decreto se justificaria, no máximo, para quem anda no centro que parecia, até há pouco, uma aldeia africana. Quando a polícia não deu conta da repressão, nos chamaram, enchemos os quartéis de rebeldes descalços, trabalhadores, pais de família. No quarto dia da rebelião, sem chefes, sem propostas, a não ser o fim da lei racista, os jovens oficiais decidimos aderir. Nosso plano era capturar o presidente da república, obrigá-lo a revogar o decreto, nunca foi, como disseram, um golpe de estado. O único combate não teve vencedor, estava escuro, a rebelião destruíra os lampiões, atiramos para a frente, os governistas acharam que perderam, nós achamos que perdemos, duas mulheres inocentes foram a óbito. A tropa do governo voltou ao palácio, nós voltamos ao quartel. De madrugada, uma ordenança nos telegrafa por parte do presidente, e então, quando vêm me prender? Como não fomos, a polícia veio. Foi na sequência dessa patuscada que o grupo de estudantes nos veio afrontar com a invasão. Eu só peço três coisas, que me absolvam, que estudantes tomem vergonha na cara e eu reencontre aquela mulher que foi pedir pelo padrinho.

— Eu só peço três coisas. Um amor, um belo livro, uma viagem pela Europa e pela Ásia.

Afonso conheceu Aurora no balcão do açougue. O marido cortava, ela embrulhava e cobrava. Não era exatamente bonita, tinha pele rosada, seios espirituais. Acreditou que talvez o achasse também interessante. Flertaram meses, uma ou duas vezes se tocaram as mãos. Perto do Natal, ele notou a ausência do marido. Viajou para Portugal, informou Aurora. Ah, bom, disse Afonso, quando volta? Em março. Ah, bom, a senhora vai sentir saudade. Mais do que saudade, me sentirei sozinha. Isso se resolve. Venha à minha casa uma noite dessas. Vocês não têm filhos? Um, que morreu de tifo.

Ela o recebeu para jantar, falaram do bairro, da carestia, após o café veio o licor. O senhor nunca casou, perguntou Aurora. Nunca achei quem me aturasse. Pois o aturava eu, tão diferente dos outros é o senhor. Gostaria não me chamasse senhor, eu também casaria com a senhora. Gostaria não me chamasse senhora. E como gostaria? Minha princesa. Afonso pegou o chapéu, vai contar ao seu marido que estive aqui? Ela pediu que a seguisse, saia pelos fundos.

Em março, Afonso voltou ao açougue. Depois de cortar os bifes que ele pedira, o marido disse que se fosse outro lhe tirava fora a cabeça. Com esse talho, perguntou Afonso. Não, com esse outro. Já eu, se fosse outro, levava sua mulher embora. Eu iria atrás. Em todo caso, lhe aviso que meu irmão é polícia. O senhor deve ter jornais antigos, desconversou o açougueiro, mando meu ajudante pegar, pago bem pelo quilo.

Janeiro de 1920

Vão prender Afonso na plataforma, ao desembarcar, ou em casa? Aqui, economizam trabalho, lá apreenderão material de propaganda, endereços, armas. Está se borrando de medo, olha como pisca, como cuspinha, como suas unhas se cravam no jornal. Quase sempre dormita na viagem, agora vai na ponta dos cascos, sofre por antecipação, é bom que sofra, quem não quer ser lobo não lhe vista a pele. Bem lhe avisou o irmão policial, sabem de você, na mão deles vais virar um trapo. Se entrei nessa, respondeu, foi consciente, ainda verei a queda da plutocracia, cujo anteparo são os militares, como aquele Iperoig absolvido ano passado de uma execução à luz do dia. Hei de ver uma revolução verdadeira como a de Lenine na Rússia, se esse desejo é crime não entendo mais nada. Ninguém te poderá ajudar, preveniu o irmão de Afonso, o delegado Pulquério tem autonomia.

Afonso entrou em casa, se trancou no quarto com a garrafa de parati. Fitava as estantes. Quando bateram na porta, entrava na embriaguez, quando a arrombaram tomara uma decisão. Pulquério entrou com seu chicotinho preto. Afonso recuou, subiu na mesa, iam levá-lo mas iam ouvir, "Ave, Rússia! Ave a classe operária!" Pulquério lhe deu um soco na boca, o segundo policial uma chave de braço. O açougueiro viera olhar, Evelina chorava. Afonso se soltou, correu, foi laçado. Arrastam o maximalista para a carrocinha, saem em disparada, com pouco chegarão ao hospício. Pulquério, que tem autonomia, por que não o levou para a delegacia? Constava como perigoso na sua lista, mas não era doido, epilético, mendigo, fora apanhado em casa.

Nas vezes anteriores lhe deram tamancos, agora umas calças pela canela, uma camisa de mangas sungadas, uma caneca de mate, o deixam num colchão de capim, manta esburacada. No outro dia o levam à presença de um médico.

— Por mim, ponho o senhor na rua.

— E por que não põe?

— O senhor foi trazido pela polícia.

Da última vez tivera de lavar a varanda e o banheiro, só não passou pela ducha de chicote, como em Casa dos Mortos. Chorou. Achou no porão da varanda uns chinelos sujos, atravessou o pátio, se sentou na escada. Vêm buscá-lo para conversar com o doutor Henrique, parece inteligente, fala com Afonso sem olhar, não considera o mistério da loucura, não há nada para saber a não ser o que sabe.

— Tem doente mental na família?

— Meu pai.

— Quem o mandou para cá?

— Delegado Pulquério. Crê em hospício.

O médico o olhou pela primeira vez:

— Não responda, por favor, o que não sabe.

O enfermeiro Santana, que trabalhara com o pai de Afonso, quando era administrador, e não louco, lhe arranjou para comer com os pensionistas de quarta classe e dormir com um estudante de medicina hemiplégico, que fez pouco de Afonso ao ouvir que também fora acadêmico. Sabe por que o mar é salgado, perguntou. Não sei e tenho raiva de quem sabe. Vou lhe explicar, senhor acadêmico, os bacalhaus são numerosos e são salgados, salgam, portanto, o mar.

O hospício era arborizado, salas claras, quartos amplos. Pelas grades, Afonso olhou a enseada azul, enrugada pelo terral, uma falua, velas abertas, moças em maiô, bacias desenhadas sob o calção. Fora laçado na porta de casa, o recebera um médico distante, os loucos do pátio andavam nus, delegado Pulquério tem autonomia, lhe avisara o irmão.

Vieram chamá-lo para visita. Era uma senhora:

— Não me conhece.

— Em todo o caso, agradeço a solidariedade.

— Lembra aquela noite que caiu na rua?

— Foram tantas.

— Estava com seu amigo argentino. Vi da minha casa, lhe mandei amônia.

— Ainda não declinou seu nome.

— Margarida.

A família de Margarida veio da Rússia quando ela tinha doze anos. Seu bem mais caro era uma boneca que ganhou da madrinha em Kiev. A prima, de inveja, jogou a boneca no mar, dividiu a família, um ramo ficou no Rio. Os Belinov tiveram primeiro um bazar, depois uma fabriqueta de roupas de trabalho, guarda-pós, guarda-vistas, aventais, macacões, camisas para lamparina. Margarida artesanava bonecas loiras e pretas para lojas da cidade, casou, descasou várias vezes, fazia partos, conciliava casais, fumava charuto.

— O que quer comigo, lhe perguntou Afonso.

— Que liberte sua irmã Evelina.

— De quê?

— Do seu domínio. Que possa dançar e namorar como as amigas.

— Se dançar e namorar, acabará desgraçada.

— Como Clara dos Anjos?

— Veio ao hospício me incomodar com uma personagem. Clara nunca existiu.

— Está lá fora esperando visitá-lo.

— Já teve o filho?

— Não seja cínico.

— O que escrevi é que foi à casa do sedutor pedir reparação. A mãe dele não a deixou passar do portão.

— O senhor sabe bem que abortou.

— Digamos que sim. O que posso fazer?

— Contar a verdade.

Um interno insistia em lhe contar que não era louco.

— Nem eu.

— Sou o Almirante Negro. Já ouviu meu nome.

Afonso o considerou:

— Em que posso ajudá-lo?

— Ouvir minha história.

— Por que deseja contar sua história? O Brasil já sabe.

— Não é a verdadeira.

— Não há história verdadeira.

— Há.

Afonso estava paciente:

— Sou todo ouvidos.

O contador da história verdadeira parecia uma caveira, coxeava. Gaúcho, sabia charquear, aprendera a ler adulto, na Marinha fora açoitado uma vez por masturbação, comandou a revolta, rendeu o governo, apareceu nos jornais da Europa.

— Acabei com a chibata, vê o senhor, fui anistiado, fiquei marcado, voltei à prisão, aguentei banho de cal. Há oito anos apodreço nesse cemitério de vivos.

— E o que quer de mim?

— Éramos seis. Cinco enlouqueceram, eu não.

— O mal de muitos consolo é. Se o senhor é o que acabou com a chibata, me permita fazer um teste.

— Às ordens.

— O mar é verde ou azul?

— É vermelho.

— É vivo ou morto?

— Nunca pensei nisso.

Um rapaz que se dizia fidalgo andava com um baralho chinês, distribuía-o para jogar com parceiros invisíveis. Usava botinas sem meias, pareciam jacarés no ataque. Quem são seus parceiros? São eu antes de mim e eu depois de mim. Tocava sem parar uma gaita para atrair pardais, arrastava por uma corda um caixote. O que carrega aí? Aspas. Para que servem? Se precisarem fazer uma citação, estão às ordens. Quando Afonso estava distraído, vinha por trás, lhe sussurrava:

— Romancista.

Afonso ponderou:

— Sei que sou. Para o que acha se escrevem romances?

— O senhor que é do ramo pode dizer. Em geral são inúteis.

— Então, escute. Há os que estão nas livrarias e os que estão em feiras, os que se leem antes e os que se leem depois, os ruins e os bons, os que enobrecem o caráter e os que o perdem, os que serenam e os que convulsam, os que servem para alguma coisa e os que para nada servem, os para nascituros e os para moribundos, os que serão lembrados e os na mesma hora esquecidos.

— Era o que eu pensava. Os romances em caravana dão volta à Terra.

Se aproximou outro interno, de capa e capuz. Fedia à distância. O que o senhor tem nesse bolso que nunca tira a mão, perguntou Afonso.

— Se lhe disser o meu nome saberá.

Uma velha corveta branca grimpa o corcovo das ondas. De vez em quando a mastreação geme, o pano bate contra as vergas, cabos se chocam com um ruidozinho seco, se ouve o cachoeirar da água no bojo. Surge o comandante abotoando a luva branca de camurça, teso na farda nova, a espada em abandono elegante. Os presos, diz sem se alterar, dando um puxão na manga da farda.

Chegam ao meio do convés em ferros, um a um, arrastando os pés. O comandante se dirige ao primeiro sentenciado, um rapazinho amarelo, cor de terra:

— Sabe por que vai ser castigado?

Depois de breve discurso sobre disciplina e ordem, e leitura do Código, na parte relativa a castigos corporais, ordena:

— Vinte e cinco chibatadas.

— Sem a camisa, pergunta o marinheiro que executará a sentença, testando a flexibilidade da chibata.

— Não, não, com a camisa.

Todos os Santos, 1921

Ao chegar em casa, tarde da noite, Afonso teve uma surpresa. Uma senhora com um garoto o esperava:

— Não se lembra de mim? Sou a sobrinha do Frutuoso da Costa. Este é Aleixo, o neto.

— Professor Frutuoso, o que se matou?

— Se jogou da barca. Teve um filho com uma moça de cor, doutor Afonso. Os dois são mortos.

Afonso bebera:

— Não me chame de doutor. Não sou e não gosto.

— Desculpe, doutor Afonso. O Aleixo aqui não tem ninguém.

Haviam chegado a Todos os Santos por um caminho longo. Localizaram primeiro o pai de Afonso, funcionário público, souberam que enlouquecera, que tinha um filho na Secretaria da Guerra, pegaram lá um primeiro endereço, acabaram aqui.

— Falei com o doutor uma vez no Passeio.

— Lembro vagamente. Mas o que querem?

— Estou perto de morrer. Quero dar o menino.

A voz de Evelina vem da cozinha:

— Por mim, ficamos com ele.

Aleixo pega a bandeja como se fosse de casa, serve o café com roscas. É esperto. Afonso demorou a gostar dele. Atrás do muro da noite, conversava coisas amargas com o neto do Frutuoso, que lhe trouxeram de presente, vou fazê-lo gente, como Arlindo e Elias não são. O que tem contra teus irmãos de sangue, perguntou Evelina. Um é polícia, o outro jogador. Aleixo tinha fronte inteligente, forte e redonda, grandes olhos negros, enervados de prata, interrogativos.

Um vizinho o feriu na testa com um sarrafo. Afonso o abraçou, nunca abraçara os irmãos. Lhe dava um níquel aqui, outro acolá, Aleixo juntou para ir ao cinema, assim que se começa, pensou Afonso, hoje para a diversão, amanhã para a família. No carnaval, Aleixo gastou as economias com um bate-bola preto e vermelho. Evelina lhe fez um sermão, Afonso o defendeu, mais vale um gosto que três vinténs. Pois se você mesmo o elogiou por fazer economia. O que importa aos pretos é ser feliz, ora responsável, ora perdulário, ora rebelde, ora servil, ora tu, ora você. Não está aqui quem falou, desistiu a irmã.

Rio, ainda 1922

Carlos Maugham era agora editor e livreiro. Boêmio, saía na madrugada atrás de aventura, sem família nem culpa. O rico do grupo, pagava quase tudo. Tinha amantes mulatas, faziam fila para sair com ele. Certo dia, na escada da gafieira, um rapaz lhe pediu que largasse uma moça, era sua esposa, não passaria de uma diversão a mais para o outro. Maugham atendeu.

CLAROS SUSSURROS DE CELESTES VENTOS   87

Seu primeiro ensaio, em 1908, tivera como pretexto a morte do presidente da Academia Brasileira de Letras, o de agora, o Centenário da Independência, que coincidia com seus vinte e cinco anos de Brasil. Errara na previsão de que o país cairia sob influência norte-americana. O cinema e o telefone se difundiram, mas o esporte popular era, cada dia mais, o futebol, inglês, sem possibilidade de um estilo brasileiro. Dessa vez, para predizer o futuro industrial do estado e o renascimento de suas cidades mortas, colheu entrevistas em Sorocaba, feira de burros imitando Manchester. São Paulo não aguentaria por muito tempo comboiar o país, em vinte anos, no máximo, ocorreria uma secessão. Também a Amazônia deixaria de ser brasileira. Quanto à política, não se confirmara a sua previsão de um novo Floriano.

No ensaio de 1908, dera à literatura destaque especial. No de 1922, não. Andava agora impressionado com a verdadeira religião nacional brasileira. A primeira vez que os amigos o levaram à macumba, já no portão seus sapatos se encheram de sangue, não tinha qualquer ferimento, se sentia bem. Exu desceu no corpo de uma puta polonesa enorme. Um açougueiro pediu pra todos comprarem a carne doente dele e Exu consentiu. Um fazendeiro pediu para não ter mais saúva nem maleita no sítio dele e Exu se riu falando que isso não consentia não. Um namorista pediu pra pequena dele conseguir o lugar de professora municipal pra casarem e Exu consentiu. Um médico fez discurso pedindo pra escrever com muita elegância a fala portuguesa e Exu não consentiu. Uma ex-freira pediu pra reencontrar um médico, vinte e quatro anos depois, ou que ele a reencontrasse, Exu não lhe deu esperança. Maugham pediu pra saber como fora a mãe. Cabocla caramelada, respondeu Exu. Isso já sei, me diga então porque meu pai se desgraçou. Por causa dos retratos, disse Exu, e já passou a outro consulente.

Maugham explicava aos leitores que cabeça, um duplo, mantido para conferência na zona infinita do éter, era a chave da macumba. O mesmo que símbolo, lhe perguntavam, o mesmo que símbolo, respondia. Ilustrado com uma foto de mãe de santo, o ensaio motivou protesto do Ministério das Relações Exteriores e do Instituto Histórico. Era uma nova gafe, dessa não se envergonhou. Desejou retornar a Buenos Aires, de que tinha falsa saudade, nunca passara lá um mês inteiro. Ia morar vizinho de uma irmã de seu pai, única parenta, faria amizades, talvez menos superficiais, casaria, pela primeira vez, com uma mulher menos dependente, de sua idade, com filhos criados, casa em Colônia do Sacramento, de onde fitariam, descansando a bomba do mate, o rio da Prata. O poncho furado e o chiripá, pendurados na sala de leitura, tremeriam à brisa leve.

Doou os livros ao Liceu Presidente Sarmiento, onde tinha namorada, fez triagem de papéis, queimou a maior parte, poupou um caderno de entrevistas, 1898, herança do velho correspondente que viera substituir. Abria com o poeta João da Cruz, uma semana antes de ele morrer. "O senhor nunca viu neve, névoas e névoas frias, brancuras vaporosas, por que sua poesia está cheia delas?" Por isso mesmo. "Qual é a sua religião?" Com a natureza mística que possuo, o mundo me parece uma catedral vastíssima, colonial, de bilhões e bilhões de torres de cristal, de safira, de rubi, de ametista, de ônix, de topázio e de esmeralda, quanto a deus, venero o Espírito de Irradiação,

CLAROS SUSSURROS DE CELESTES VENTOS 89

o Sol, o Radiante Orientalista do Firmamento. "Quando se diz emparedado, o que quer dizer?" Que minha única saída é a Noite. "Qual o seu escritor preferido?" O que viveu a fase do homem e a fase do leão, bebeu inspirações maravilhosas, mergulhando a cabeça no infinito e trazendo-a ensopada de luz. "Qual a sua ideia de literatura?" Para mim, as palavras, assim como têm colorido e som, têm do mesmo modo sabor, o artista que sente claro entende claro, pensa claro, saboreia claro. "O que o senhor mais precisa na vida?" Sol. Da última página do caderno, caiu um pequeno envelope. Era uma foto de João da Cruz e um lembrete, me pediu dinheiro emprestado, disse que me pagará em um mês.

Vinte anos depois, nossa Sociedade está de volta. Percebemos o quanto importava para a economia da obra a mudança de um parágrafo em que se alterasse para sempre a cara de uma situação, o destino de uma personagem. Só criávamos problemas para dois tipos de leitores, os que leem sempre os mesmos livros e recorrem, por qualquer motivo, incêndio, divórcio, inundação, a novas edições, e os estabelecedores de texto definitivo. Foi este o caso de uma passagem de *Os lusíadas*. No canto primeiro, estrofe 106, onde está *bichos-da-terra tão pequenos*, trocamos, numa edição vicária de dois mil exemplares, para *bichos tão pequenos da terra*. Advertimos em página-pé: "Conforme a letra original." É que soubéramos ter o emérito camonianista H. de K., da universidade de Évora, compulsado todas as primeiras edições, menos uma, doada integralmente à Formidável Biblioteca Maior de Moçambique, sumida desde que o governo a vendeu para construir a biblioteca.

90 *Joel Rufino dos Santos*

Um dos nossos feitos foi escancarar, mediante pequenos toques, o que todos desconfiavam. José Dias, o agregado de *Dom Casmurro*, era amante de dona Glória, a mãe de Bentinho. Releiam a passagem, vejam como apenas trocando de lugar uma vírgula se altera um livro. Ezequiel, o filho, vai visitar Bentinho. "Não havendo remédio senão ficar com ele, fiz-me pai deveras. A ideia de que pudesse ter visto alguma fotografia de Escobar, que Capitu por descuido levasse consigo, não me acudiu, nem, se acudisse, persistiria. Ezequiel cria em mim, como na mãe. Se fosse vivo José Dias, acharia nele minha própria pessoa." Dom Casmurro está dizendo que, se o agregado fosse vivo, concordaria que ele, Bentinho, e Ezequiel se pareciam. Agora com a vírgula em outro lugar: "Se fosse vivo, José Dias acharia nele minha própria pessoa." José Dias veria nele, José Dias, a pessoa do filho Bentinho. Talvez demasiada sutileza. Sem piedade, mexemos em passagens anteriores. Quando Bentinho faz esculpir com *Uma Santa* o túmulo da mãe, dona Glória, Machado escreve que José Dias assistiu às diligências com grande melancolia. "No fim, quando saímos, disse mal do padre, chamou-lhe meticuloso. Só lhe achava desculpa por não ter conhecido minha mãe, nem ele nem os outros homens do cemitério." Enfiamos, depois de cemitério, um *como eu*.

Todos os Santos, começo de 1922

Para conhecer o Escritor Paulista, Afonso chegou ao escritório de Maugham mais o afilhado Aleixo, que o ajudava a caminhar. No alto da escada, o outro ameaçou abraçá-lo. Era grandão. Presenteou seu livro de estreia, trazia uma gota de sangue em cada poema. Afonso não estava triste nem alegre.

— Vim convidá-lo em pessoa para a Primeira Semana Modernista Brasileira.

— Por que se lembraram de mim?

— Porque escreve moderno.

— Não, não, estão enganados.

O Escritor Paulista não se desconcertou. As pernas não cabiam na cadeira:

— É o que pensamos em São Paulo. Se aceitar, pagamos o trem, o hotel, as refeições e mais algum.

— Eu iria de graça. Só quero saber quem paga.

— Uns amigos.

— Não me engane, são barões de café.

— Você, Afonso, é um modelo de escritor para os jovens.

— Duvido.

Maugham temeu a continuação da conversa. Ofereceu uísque. O paulista tomou licor.

— Olhe, Afonso, disse Maugham, esta geração moderna está mudando o país. Na Semana trocará ideias.

— A conferência que você me arrumou em Oblivium deu em água de barrela. Te dei prejuízo.

— Oblivium está morta, disse o paulista.

— São Paulo é pior. Está viva.

— Desvairada.

— Estes homens de São Paulo, todos iguais e desiguais, quando vivem dentro dos meus olhos tão ricos, parecem-me uns macacos.

— Isso é meu.

— Então concorda que não posso ir?

— Concordo.

Maugham encheu de novo os copos:

— Guardei uma cópia da conferência que você não deu em Oblivium. Autoriza publicarem na revista moderna?

— Autorizo. Ao menos saberão que nunca acreditei em arte pela arte. Deixei de ser branco pra ser franco.

Padrinho e afilhado voltaram devagar pela avenida. Um mercador de quinquilharias lhes ofereceu uma luneta troncha, descascada.

Afonso escrevia, quando Aleixo pôs os pés na soleira da sala, chorava, muito, muito.

— Que é? Que foi?

— Na escola, dindinho. Me chamaram de macaco.

— Foi no jogo de bola, não foi? É um aviso para você não seguir o caminho de teu tio Elias.

Um domingo ensolarado em que estavam sós, mais o louco, se sentaram sob a jaqueira. Afonso disse a Aleixo que morreria breve. O garoto arregalou os olhos, há alguma coisa dos que vão nos que ficam? Além da saudade, nada. E dos que ficam alguma coisa há nos que vão?

— Sonhei que no último dia me visitará um inimigo.

— E daí, padrinho?

— Esquecerá uma pasta.

— E o que tem nela?

— Não sei.

— Esse homem, padrinho, o que vocês eram um em relação ao outro?

— As duas partes de uma só medalha.

— Como assim?

— Para ele os seres são sombras. Para mim são concretos, sofrem e fazem sofrer. Agora que a vida se vai, penso que ele tinha razão, nesses silêncios solitários, graves, um chaveiro do céu possui as chaves para abrir-nos as portas do mistério. E uma catedral vastíssima, colonial, de bilhões e bilhões de torres de cristal, de safira, de rubi, de ametista, de ônix, de topázio, de esmeralda, se sucedendo infinitas no éter. Nada restará de nós senão histórias. Tudo que nos abraça e nos esmaga, quando será que uma resposta vaga, mas tremenda, hão de dar de tudo, tudo.

De madrugada, tirou Aleixo da cama para olhar ao telescópio:

— Veja as montanhas da Lua.

— Não vejo nada, padrinho.

— Quem sabe, pelos tempos esquecidos, se as estrelas não são os ais perdidos das primitivas legiões humanas.

— Parece um verso, padrinho.

— Nem os anéis de Saturno? Eu, de vistas tão cansadas, consigo.

Aleixo não quis desapontá-lo:

— Eu, de vistas tão novas, também.

— A Via Láctea tem um brilho cintilante de tiara persa. Encurva-se sobre nós, nas alvas flores cristalinas de suas estrelas. Sabe por que o céu é escuro?

— De dia é claro.

— É como se houvesse um pássaro imenso. Enquanto rufla uma asa, a outra descansa.

— Não tinha pensado.

— As asas o que são no firmamento errante, perdidas pelos tempos, esparsas pelas eras, senão os sonhos vãos, mundos alucinantes, cheios do resplendor das flóreas primaveras?

Depois de um tempo em que Aleixo fingia ver, Afonso lhe perguntou:

— E agora? Ouves claros sussurros de celestes ventos?

— Vejo uma claridade baça.

— São elas.

Aquela foi a última noite de Afonso. O dia seguinte era de Todos os Santos. Amanheceu chuvoso. O visitante desconhecido chegou no começo da tarde.

OBLIVIUM

1920, Oblivium, setembro, tarde

Ao sair do túnel, o trem cai direto sobre o rio, segue pela margem direita e, pela ofuscação do sol poente, só na estação o visitante sabe ter chegado. Bala de café, puxa-puxa, mariola, pé de moleque, pinhão cozido, pamonha, o baleiro cego não sai do lugar, não se dá ao trabalho, ninguém descerá em Oblivium, ainda assim pergunta ao agente, que responde ninguém, estamos mortos. Se estamos mortos não estamos sós, comenta o outro, arreganhando os beiços, os mortos fazem uma caravana que rodeia a Terra. Temos um ceguinho cretino se acreditando filósofo, pensa o agente. O dia é quente, por isso ele traz o boné sob o braço, o cair do sol é luminoso, por isso não se enxerga a cidade ao sair do túnel. Ninguém desceu ou embarcou, insiste o cego, mas o trem está cheio? Não, mas vejo um moço preto, nem magro nem gordo, que vai desembarcar. Esse agente e esse baleiro têm uma implicância antiga.

Oblivium são duas praças, já foram mais, cinco igrejas, quatorze ruas, duas freguesias, um palácio de justiça, atualmente nenhum hospital, duas associações de produtores, a Agrícola & Comercial e a Comercial & Agrícola. A Irmandade Seis que Sabem mantém biblioteca voadora, todo livro recebe comentário assinado do leitor na folha de rosto, na capa, na contracapa, nas margens, nas páginas-pé, nos em branco, nas orelhas, é deixado na portaria do Gran Hotel, outro leitor o pega, faz o mesmo. *A dama das camélias* já não tem vazio, Maria da Betânia, a do sítio velho, anotou ser a história mais comovente da minha vida, Luís, o da rua do Soalho, sem número, o amor é irmão da própria imbecilidade, o tabelião, de rubrica apócrifa, que a renúncia de Marguerite só prova a sua maldade, o doutor Emílio de Campos que *A fera de Kumaun* é apreciável história de onça.

Depois de jantar no hotel, Afonso deu uma volta. Estava bem-vestido. Se sentou na praça. Experimentava sentimentos vagos. Em paga da viagem de uma semana que lhe ofereceram, cama e mesa, passeio à muda de cavalos em que dom Pedro descansou na volta da independência, só teria de fazer uma conferência sobre o papel dos escritores. O baleiro cego da estação se aproximou, o senhor está na cidade em que nada é, tudo foi. Em que se baseia a economia de Oblivium? Em conversa. Teve vontade de se abrir com aquele homem pequeno, sem rugas, muito escuro, via dali a ponte, quando menino sonhava em morar na beira de um rio calmo, barrento. É uma merda, doutor Afonso, quando enche se perdem até as galinhas. Esse cego quando filosofa arreganha os beiços.

Às dezenove em ponto, os estudantes Bento e Manoel vêm pegá-lo. Afonso os espera no salão. Parece tranquilo. Até o palácio da Associação Agrícola & Comercial serão três ou quatro quadras. Traz no bolso do colete uma conferência de vinte páginas sobre o destino da literatura. No caminho, pergunta aos acompanhantes se antes de entrar podem tomar uma água. Tomaremos na Associação, sugere Bento, é logo ali, acrescenta Manoel. Por favor, faz Afonso, é que não me sinto bem. Os dois sabem que no frege só há pinga, tremoços e moscas. Serão repreendidos, sua função é trazer o escritor do hotel, o auditório está cheio. Tome conta do doutor Afonso, pede Manoel, vou consultar nossos superiores. A gravata de Afonso continua alinhada, mas tiveram mau pressentimento. Depois da terceira cachaça, lhe baixa a tristeza. Acodem o prefeito e assessores, retornam com ele ao hotel, avisam à plateia, O douto. Barreto teve uma grave indisposição, está recolhido com toda a assistência médica que merece, a conferência foi transferida para este mesmo local, amanhã, à mesma hora, vão com Deus.

O tabelião e o delegado que, já verá o leitor, são nossos protagonistas, a filha do promotor, a diretora do grupo escolar, a viscondessa, a mulher do juiz, que serão esquecidas, saem atrás, não precisam ajudar o baleiro cego, não há hipótese de ele trombar, desde menino sabe que cegaria. Não trouxe o cesto, lazer é lazer. Não o julguemos pela deficiência, é um respeitável morador de Oblivium, nasceu, viveu e morrerá com ela.

Na manhã seguinte, não foi o sino que interrompeu o sono pesado de Afonso, mas o silêncio. O trem em direção ao Rio passava às oito horas.

A Irmandade Seis que Sabem ignorou a fuga do escritor, não lhe daria esse gosto. O bilhete deixado no hotel, *Parto antecipado, desculpem, o leite de vocês é excelente*, não foi entregue, o gerente fez uma bola, jogou no lixo, tomou ódio ao escritor, colaborou à toa com duas diárias e um café da manhã. As vinte folhas da conferência, que esqueceu na mesinha de cabaceira, deu-as ao cego para enrolar pinhão, bom destino para a literatura. Na estação, o agente e o cego não lhe desejaram boa viagem, como oblivienses se sentiam traídos, quando não faz na entrada, faz na saída, pensaram.

O trem se curvou, entrando no túnel, Afonso esticou a cabeça para um adeus à cidade em que nada é, o sol matinal a envolvia de luz, irradiava a partir do rio. Nada enxergou. Comprara passagem de segunda classe, sem cabine, estava vago o assento à sua direita. Foi ao banheiro. Na volta, tinha companhia:

— Bom-dia. Sei que não fizeste a conferência.

— O senhor é de Oblivium?

— Passo aqui de vez em quando. Sou do ramo.

— Vende terras?

— Quando digo ramo é o da tinta e papel.

— Papelaria?

— Parecido. Faço o que tu fazes.

— Beber.

— Não bebo. É gozado tu não me reconheceres.

O irreconhecido acendeu uma cigarrilha:

— O que viste de bom em Oblivium?

— O cego Timóteo.

— Ah, eu não sei o sentimento vário que me prende a esse cego solitário de olhos aflitos como vãos gemidos.

— O que você disse é um poema.

— Acabei de fazê-lo. Tu não deste a conferência porque não acreditas no que escreveste.

— No quê?

— Para começar, que a literatura tem destino.

— É precisamente o que escrevi e teria lido.

— Se não tivesses fugido.

— Mas mantenho a ideia. A finalidade da literatura é dizer o que os simples fatos não dizem. Ela faz brilhar o real.

— Disseste bem, é a finalidade. Finalidade não é destino.

— Bem, e o que o senhor acha?

— Que a literatura não tem um.

— Tem o quê?

— Um delicado espírito de lenda, graças estupendas.

— O senhor acha bastante?

— Ao menos dá o sentimento da grandeza oculta.

— A literatura, com o tempo, produz consciência política.

— O escritor não tem que se importar se os fatos e assuntos são políticos.

— Não nos entendemos.

— Quando te conheci foste bom comigo.

— Nunca o vi mais gordo.

— Sou aquele emparedado numa tarde de poente sangrento. Fugi por uma ladeira, passei por meninas cantando roda, invadi tua casa.

— Nada me lembro. O senhor delira.

Quando Oliveira de Macedo chegou a Mato Dentro ainda havia índias. Combinou com o gerente do Gran Hotel mandar algumas ao seu quarto ao anoitecer. A primeira era velha, a segunda, caolha, aceitou a terceira, capaz de tudo. Se chamava Luduína. Oliveira de Macedo comprou terra à vista, contratou trabalhadores, esperou que fizessem queimadas, coordenou o plantio, derrubou uma tapera tomada de cobras e melões-de-são-caetano, levantou a casa-grande, batizou-a Solar dos Turcos, arrematou móveis de um italiano que vendia banha, casou Luduína com um mineiro manco que ensinava leitura e matemática, o café, vindo do Rio, acompanhando o rio, engolira desse homem os três alqueires e uma vaca.

Oliveira vendeu a primeira colheita em Mangaratiba, comprou peixe seco, camarões mindinhos em tonéis de sal, vinho falso do reino, uma guarda de cama com veludinhos e frisos, uma marquesa de palhinha, botas. Mal entrou em casa, soube que a índia morrera de parto, o segundo. O menino sobrevivera, era são, escuro, cabelo liso, se chamou Timóteo. Então, Oliveira de Macedo contratou o viúvo de Luduína, organizado e enérgico, como capataz. Logo sugeriu ao patrão plantar café em zigue-zague, não em fileiras, poderiam fiscalizar assim os trabalhadores, e a chuva não lavaria os morros em cascatas. Passado o luto, o mestre-escola capataz casou com a segunda índia, a caolha. Tiveram sete filhos.

Quando Timóteo fez dez anos, Oliveira de Macedo começou a levá-lo para negociar, já não descia para Mangaratiba, se associou a um torrador americano em Ubatuba, voltava com burras e burras de panos, talcos, salames italianos, livros infantis de Portugal. A casa se transformara em sobrado, não almoçavam só linguiça com angu de fubá vermelho. Com treze anos, Timóteo começou a tropeçar em batentes e pequenos animais. Tratava do jardim, bocas-de-leão, hortênsias, violetas, perpétuas, resedás, um jasmineiro desproporcional, dálias rajadas zuniam de abelhas pela manhã. Tocava viola para elas, conversava. Quando Oliveira de Macedo vendeu a fazenda, arruinado por duas geadas sucessivas, os novos donos acabaram com o jardim. Timóteo já era pitosga, teve tempo para se acostumar, os cegos em caravana rodeiam a Terra. A prefeitura lhe deu um carrinho de fumigar cupim, Timóteo colava o ouvido no chão, ouvia a léguas o seu frenesi, saía, nhem-nhim, nhem-nhim, lá me esperem, ora direis ouvir cupins, sou cego mas não surdo.

O vapor que chega a Nova York, vindo do Panamá, traz Oliveira de Macedo, convidado do sócio americano. Incomoda-o o rebuliço ruidoso das bagagens tiradas do porão, puxadas pelos guindastes. Junto está um velho de Honduras. Contemplam a cidade cinzenta. O velho esconde a boca com a mão, quien sabe um dia, nós de Honduras, não viremos a tomar Nova York. Centenas de vapores, grandes, pequenos, lentos como elefantes ou rápidos como cervos, se cruzam ao redor deles, badalam campanas de bronze, estrugem silvos agudos, notas roucas, longas, uivos de vapor. Oliveira não respondeu, solo con los pitos nos volverian locos, murmurou o hondurenho.

Oliveira de Macedo morou em São Paulo até o dinheiro acabar. O último que perdeu foi uma vila de casas no Largo da Banana. Quando voltou, Mato Dentro se chamava Oblivium. Maltrapilho, criava cães ferozes, atiçava-os contra as criações dos vizinhos, alugava-os para caçadas de caititus, já não tinha a amizade do filho natural, Timóteo. Lhe mandou recado mesmo assim, descobrira um olho de cupim sob o chão da cozinha. Ao se aproximar da tapera, Timóteo farejou o fedor de carne despedaçada. Foi preso e condenado por assassinar os cães e o ex-patrão, e pai, a quem devia tudo. Como pode um cego matar, indagou a defesa. Ao sair da cadeia, não era mais fumigador. De fazenda em fazenda, contava histórias, a crianças antes da janta, a outros, depois, lhe pagavam com café, biscoitos de polvilho, moedas. Com caretas, narrava que o ipupiara abraça a pessoa, beija-a, aperta-a consigo até despedaçá-la, ficando porém inteira, e, como a sente morta, dá gemido como de sentimento e largando-a foge e, se leva alguma, come somente

os olhos, narizes e pontas dos dedos dos pés e mãos, e as geni-
tálias, e assim a acham na beira-rio, com essas coisas a menos.
O quibungo, olha o negro velho em cima do telhado, ele está
dizendo quero o menino assado, pode ser morto a faca, tiro e
pau, morre espavorido, o barba-ruiva, a moira-encantada, o
mão-pelada, a cuca, o boca-torta, todos esses monstros choram
quando estão sozinhos.

O primeiro filho de Oliveira de Macedo com Luduína, as-
sumido, em cartório, pelo professor-capataz, se chamou Isaías.
Com dezesseis anos tentou a vida no Rio. Seu melhor emprego
foi em jornal, servia café, levava artigos de uma mesa a outra.
Uma tragédia o espreitava. O colunista social se matou no banheiro, coube a Isaías limpar o sangue no espelho, sair atrás do
dono do jornal. O localizou num randevu, empurrou a porta,
estava montado por uma polonesa de chicote na mão. Daí pra
frente já não foram patrão e empregado, mas comparsas, Isaías
chegou a chefe geral de redação. Sesimbra fazia questão dele
quando saía de iate, se embriagavam, certo dia uma mulher
caiu no mar, agora são duas as dívidas de Sesimbra com Isaías.
O que você quer, Isaías, para se aposentar? Quero o cartório de
Oblivium. E onde é isso? No calcanhar do Judas.

De volta à terra, respeitado e temido, falava com intimi-
dade do Pão de Açúcar, dos piqueniques na Tijuca. Eleito por
aclamação presidente da Associação Agrícola & Comercial,
montou um arquivo de contos e tradições populares. Seu

104 *Joel Rufino dos Santos*

informante maior é o cego Timóteo, seu irmão mais velho, não se sabe quantos filhos fez Oliveira de Macedo. Junto com o editor Carlos Maugham, que já veremos quem é, promoveu a conferência frustrada de Afonso sobre o destino da literatura.

Quando Isaías voltou tabelião, parentes e conhecidos temeram por sua sorte. Timóteo, sem ir direto ao assunto, lhe lembrou que Oliveira de Macedo só fizera filhos homens, Isaías era o oitavo. Lhe revelou que não era filho de Luduína, como pensava. De fato, ela morrera de parto, mas de outro menino. Isaías nascera de outra índia, a de quatro peitos, a desejada, moradora em Rio Triste, uma curva onde as águas eram roxas, mesmo com sol, vãs melancolias caíam do céu largo. Diferente de Timóteo, Isaías fora desasnado em letras e números por padre Jesuíno, morara na casa paroquial antes de tentar a vida no Rio. Se fosse filho do padre, como diziam, não seria o oitavo de Oliveira de Macedo, escaparia a certa maldição. Timóteo, que sabia a verdade, tremeu quando Isaías o intimou a levá-lo à tapera onde nasceu. Não há mais nada lá, esclareceu, é curioso um cego esclarecer, mas já vimos que era pitosga, não idiota. Ó rio roxo e triste, ó rio morto, ó rio roxo, amargo, rio de vãs melancolias de horto caídas do céu largo, recitou para dissuadir o meio-irmão. Isaías mandou restaurar o rancho da mãe, limpar o mato que o engolia, o próprio Timóteo fumigou os ninhos. Umas noites deixava o conforto do sobrado em que morava em Oblivium, ia dormir em Rio Triste, sozinho, excêntrico. Começaram a aparecer na beira do rio cabras, leitões, bezerros e até um bêbado, o Bocatorta, mortos a dentadas. Vizinhos descobriram coágulos de sangue no caminho da tapera, o assassino vomitava o excesso que sugara das vítimas. Delegado Roberval organizou uma patrulha noturna, se esconderam, de manhazinha passou uma criatura magra, fatigada. Começou a perseguição, a desentocaram da casa, do cemitério, do carrascal. Não virava o rosto, mas sabiam quem era, entrou no pântano, sumiu na névoa, agora está morto, deduziu o delegado, podemos voltar. Nomearão outro tabelião, disse um dos bate-paus.

Albert Maugham foi um anglo-argentino rúbio, olhos verdes. Em 1878, como major fotógrafo, acompanhou o general Roca na Ocupação do Deserto. A missão, tierra adentro, consistia em ocupar para sempre o Grande Vazio, terror de Buenos Aires. Nenhuma tarefa dada a Roca ficara por cumprir, a nação depôs em suas espadas e canhões a Solução Final do problema indígena. Caberia a Albert, com chapas de colódio úmido, recém-aperfeiçoadas, documentar os fatos como os fatos foram, à semelhança dos desenhistas e pintores antigos, mas sem fantasia. Fotografou marchas, acampamentos, capelães, degolas de índios, estupros, incêndios de aldeias, soldados de Roca churrasqueando cavalos com facas vermelhas de sangue araucano. Revelados, os retratos da campanha criaram um problema. Não existia vazio, o Pampa regurgitava de vida. A Ocupação do Deserto, nas chapas de Albert Maugham, não passara de extermínio. Roca mandou destruí-las e, como o fotógrafo hesitasse, levou-o à corte marcial, que lhe cassou a patente. Antes, porém, do massacre de Choele Choel, o general permitira a cada oficial separar uma índia para si. Albert teve com a sua um menino, que se chamou Carlos Maugham e nunca soube das chapas que desgraçaram o pai. De herança, Albert lhe deixou um poncho furado de punhal e um chiripá.

Carlos se fez periodista e, numa idade em que a maioria apenas começa, foi mandado ao Brasil como correspondente da Associated Press. Araucano nos cabelos e nos olhos, nada conhecia daqui, mas era furão e estudioso.

Rio, 1908

O dia da aclamação do seu primeiro presidente perpétuo foi glorioso para a Academia Brasileira de Letras. Correspondentes estrangeiros receberam um sumário com informações sobre seus livros, amizades, rotina. Na conferência de imprensa, Carlos Maugham perguntou em que freguesia Joaquim Maria nascera e se o pai fora, como diziam, operário. Um colega veterano, do Corriere della Sera, lhe soprou não ser aconselhável falar sobre isso. Doze anos após essa gafe, ao saber que Joaquim Maria estava nas últimas, o faro de Carlos Maugham o levou a se postar na calçada de sua residência. Ninguém da casa, que cheirava a ureia e iodo, lhe interessava, literatos, políticos, altos funcionários como o moribundo. No fim da tarde, entrou um rapaz desajeitado, Maugham o esperou sair, o abordou na parada do bonde. Era admirador apaixonado e anônimo de Joaquim Maria, viera de Niterói se despedir, sim, esteve no quarto, não esperava tanto. Falava aos arrancos, quase gago, Maugham só aproveitou dele uma sugestão, por que não ouve, a propósito de literatura e política, o autor do Isaías Caminha? E por que deveria? É, em tudo, o oposto do moribundo.

Joaquim Maria morreu no dia seguinte.

Não foi fácil a entrevista com Afonso. Sua visão dissonante, mas articulada, sugeriu a Maugham um suplemento especial sobre a modernização do Brasil. Publicado pelo Corriere, o Le Temps e o Daily Telegraph, abria com uma pergunta: "Por que não há povo no Brasil?" A longa escravidão arrasara a terra, as instituições políticas, a língua, os hábitos. Os ricos daqui sonham com Nice, os de baixo não sei com o que, embora uma certa promiscuidade, inexistente nas Antilhas e na América do Norte, antecipe uma nação futura. Rio e Bahia lhe pareciam pior, ou melhor, conforme o ponto de vista, São Paulo, no passado uma aldeia universitária, sem importância, pelo café e a imigração europeia, tinha potencial para conduzi-la. Rio Grande do Sul, na parte de colonização europeia, já tinha algum povo, uma middle class. A vida política avançava, aqui, por espasmos, a independência, a abolição, a proclamação da república, a ditadura militar positivista, era tocada por poucos homens novos, em geral mestiços. Quanto ao militarismo salvacionista, não tinha qualquer chance de assustar, de novo, o país. Os dons políticos passavam de pai a filho e genro.

A cromoinversão era, em todo caso, a ideia-chave do ensaio de Maugham. Funcionava como antídoto ao sentimento de estrangeiridade das classes e raças brasileiras. Depois de ressalvar, honestamente, que a opinião geral de seus entrevistados colidia com a sua, firmada em mais de uma década (Maugham exagerava), colhidas do norte ao sul (Maugham mentia), concluía que a promiscuidade venceria o preconceito. Seus informantes, em geral pessimistas, à exceção do autor de um best-seller que apostava no mestiço sertanejo, *Os sertões*, garantiam o contrário. Ao findar o regime escravo, informava Maugham, havia em todo o país um formigueiro de negócios de negros, mestiços e até índios, fabriquetas, lojas comerciais, pequenas lavouras que, certamente prosperariam, transformando seus proprietários em burguesia. Como se explicava que a Academia Brasileira de Letras tivesse um presidente de cor? Também nas artes plásticas, na engenharia pública, nos campos científicos incipientes, Maugham via preponderância dos homens escuros. Nos esportes, não. Os índios, mais bem-dotados, estavam em extinção e os negros não tinham aptidão para nenhum esporte atual, limitando-se à capoeira. O futebol, recém-introduzido por ingleses, não parecia ter futuro aqui. Para finalizar, examinava dois casos de escritores negros, Cruz e Sousa, negro insofismável, de um simbolismo das profundezas da África, embora versado em alemão, e Afonso Henriques de Lima Barreto, de um realismo centro-europeu sem disfarce. Eram antípodas e complementares como as asas de um enorme pássaro.

A FUGITIVA

Rio de Janeiro, 1893

Olga conheceu Armando no baile de formatura dele, não exatamente bonito, mas simpático, não exatamente elegante, mas vistoso. Era do norte e o futuro sogro se certificara de tudo sobre sua família antes de consentir. Armando falava com pose de medicina e filosofia, para ele nenhum brasileiro prestava.

Quando o padrinho de Olga, Quaresma, foi condenado ao fuzilamento por denunciar execuções de prisioneiros de guerra sob sua custódia, Olga pediu a intercessão do marido, Armando, por suas relações, tinha esse poder, tirou o corpo fora, tu pareces que estás no teatro, lhe disse. Se é no teatro que se passam as grandes coisas, estou, ela respondeu, e lhe deu as costas. Foi sozinha ao palácio, soube que a única maneira de chegar ao presidente era por meio da amante, a mulher prometeu que intercederia, Olga nunca soube se fez isso, nós nunca saberemos se Quaresma escapou. Coração dos Outros, amicíssimo do condenado, a esperava num banco de praça, sentou com ela um tempo. No fim da tarde, Olga foi em casa, pegou joias e dinheiro e sumiu.

No dia seguinte, o pai e o marido começaram a procura. Bateram hospitais, hospícios, a morgue, prostíbulos de escravas brancas. Sabendo que Olga fora ao palácio, estiveram lá. Apenas o cadete Iperoig os ajudou, sim, esteve aqui, lhe disse que não era possível falar ao presidente, ela mesma viu, não foi educada, me virou as costas. Armando pôs detetive atrás de Coração dos Outros. Nunca simpatizara com ele, nas festas organizadas por Olga fazia pouco de suas modinhas. Com um mês achou que pagava espias em vão, um delegado lhe revelou, roçando os indicadores, o senhor não vai gostar, mas os dois eram assim.

Armando se amigou com uma modista portuguesa, se desinteressou da fugitiva. De vez em quando, rezava por sua alma. Coleone, o pai, ao contrário, mobilizou a metade dos informantes da cidade, fez promessa, financiou procissão, arriou despacho na praia. O investigador Chavez lhe sugeriu contratar os meninos tatuadores do Castelo, se não achassem Olga podia esquecer. Coleone então se lembrou de um centro espírita do tempo de rapaz. Coleone. Estava gordo, avelhantado, chegou tremelicando a bengala que Olga lhe dera no Natal. Na quinta sessão, a filha se comunicou com ele, me perdoe, pai, breve lhe darei notícias. À espera, jamais saía de casa. Ao amanhecer, se sentava na porta do casarão em que Olga nascera e brincara, e a mulher morrera de tifo, só se recolhia quando o sono ou o sereno eram insuportáveis.

Um dia, Olga reapareceu. Afastou um galho de roseira que pendia sobre a calçada, lhe beijou a testa, ralhou que estivesse ali, desagasalhado, conversaram como se ela não estivesse fora havia dois anos e meio, ele não estranhou que seu vestido fosse um tafetá antigo florido de sua mãe. Entraram. Ela o pôs na cama, amanhá lhe conto minhas aventuras. Na manhã seguinte, Coleone retomou o posto, a alucinação fora aviso de morte.

Uma tarde de domingo, Armando apareceu com a nova mulher, apresentou-a como sobrinha, Coleone se animou, se o marido casava de novo sua filha se sentiria livre para voltar. Ricardo Coração dos Outros é que nunca apareceu. Ritalina, a empregada, contou que emagrecera, tinha agora uma calva, dobrado cada vez mais sobre o violão, se mudara para Cascadura, suas modinhas eram variações em torno da filha de Coleone.

Meses depois, Armando descobriu o verdadeiro endereço de Olga. Como estava de partida para um congresso, pedia a Coleone fosse buscá-la, gastasse o necessário. O italiano sentiu voltar a confiança que tinha no genro, prezara-o de fato, se tinha uma informação não seria vã como as que o fizera correr vielas de morro, estações longínquas, cafundós, terreiros. A descrição correspondia, pequena, nem gorda nem magra, cabelos castanhos, uma pinta no pulso esquerdo, firme, educada com pobres, amante de livros, anda de bicicleta, ganha a vida com aulas de francês e italiano. O informante mandava um caderno de menino corrigido por ela, era Olga, sem dúvida, já brilha o rosto e se fortalecem as pernas do infeliz, larga a bengala, à própria Ritalina brilham os olhos, não se sabe se de solidariedade, se de alívio, ela tem uma queda por Ricardo Coração dos Outros, sonha com ele muitas noites, mas quem não sonharia vendo-o abraçar o violão, isso não contará ao

112 *Joel Rufino dos Santos*

patrão, já contou o que interessa, que o amigo e cúmplice de
Olga emagreceu de repente e está careca.

Rio e Diamantina, 1920

Coração dos Outros levou Olga para jantar, a pediu em casamento. Vou pensar, disse ela, apoiando os cotovelos na mesa.
Não queria ser indelicada, as diferenças entre eles eram grandes.
A filha de Coleone se sentia disposta a enfrentar má vontade
de quem os via juntos, silenciosa ou agressiva, como nas vezes
em que eram tratados como patroa e empregado. Coração não
bebia, diferente de Armando, com seus drinques caros. Não se
casaria com Coração e, jurava a si própria, com homem mais
algum. Se num gesto se livrara de Armando, em sua cama só
se deitaria quem e quando ela quisesse. Coração começou a
insistir, ela deixou um bilhete sob um jarro da sala e fugiu.

De pouso em pouso, gastando as cédulas que roubara de
Armando, joias de solteira e de casada, chegou a Diamantina.
O dono da hospedaria a observara pelas frestas da parede, uma
mulher de qualidade viajando sozinha com cremes, roupas,
sapatos, até livros. No jantar, o hóspede da mesa ao lado a
espiava por baixo dos olhos, Olga puxou conversa, o senhor
gostaria de jantar comigo? Ele se desconsertou, ela pegou o
prato, veio se sentar com ele, não precisa ter medo, sou apenas
uma mulher sozinha. Conversaram. Ele era médico tisiologista,
havia quatro meses andava pelo interior. E a senhora, se não
sou indiscreto? Fujo de mim, respondeu, e o senhor? Fujo de

um amor e de um morto. Ele se desconsertou outra vez, deixou cair uma garfada na camisa, ela socorreu com o guardanapo. Vê-se a sua educação, sua elegância natural, mas não pense que a estou cortejando, mulheres como a senhora, com essa desenvoltura, são hoje raras. O senhor está dizendo isso porque lhe limpei a camisa, mas voltando ao começo de nossa conversa, de que amor e de que morto o senhor vem fugindo?

O silêncio noturno rondava o refeitório, o dono da hospedaria, sentado no caixa, ofereceu um licor da terra para disfarçar o despeito. Quando deu as costas, Olga disse ao médico, está me espionando. Então, propôs ele, vamos trocar de quarto. Olga viu que conhecera um homem sério, espirituoso, ainda que sombrio, desde a fuga não achara um sequer. Na manhã seguinte, ao café, trocaram endereços, estarei às suas ordens, dona Olga, vou montar um sanatório perto de São Paulo. Antes de nos despedirmos, disse ela, fale dos fantasmas que o perseguem. A mulher que amei tinha o olho direito mais estreito, o morto era um preto difícil.

Ela nunca admirara qualquer homem, salvo talvez seu padrinho Quaresma e Coração dos Outros. Os que desejou tiveram medo dela, nos demais vira tantos defeitos, um grosseiro, outro cretino, aqueloutro alma de proprietário. Queria um homem como Quaresma, um pouco feminino, um ideal qualquer na cabeça, sem sentido prático, louco mas não poeta, renunciante mas não covarde, maduro mas não velho. Ela nunca

114 *Joel Rufino dos Santos*

vivera uma emoção coletiva, lamentava isso, protestara sempre sozinha, chegara atrasada no baile das ruas, na revolta contra o sapato obrigatório não estava no Rio, nas greves gerais ainda não estava em São Paulo, no quebra-quebra dos tropeiros não estava em Sorocaba, na revolução de 1930 não sairá de casa, na contra de 1932 não atenderá às batidas na porta.

Amara um pouco o tenente Iperoig.

Conhecera-o cadete no palácio do governo quando pediu pela vida do padrinho. Iperoig falou a Olga, sem pestanejar, que Quaresma devia ser fuzilado por exigência da revolução, a senhora quer salvar um homem, nós queremos salvar um país. Fora absolvido, já oficial, por atirar num estudante. Reencontrou-o em Barbacena, ensinando matemática, nas folgas do quartel, aos filhos do conselheiro Junqueira, ela ensinava francês. Junqueira a convidou para batizar um filho que ia nascer, menino ou menina. Quem será o padrinho, quis saber. O professor de matemática. Olga não tinha boa lembrança de Iperoig, pivete fardado, devoto positivista que idolatrava pobre, mendigo, puta, presidiário, capaz de matar por política.

Iperoig não recusou o convite do conselheiro, disse um veremos. No dia do nascimento, uma menina, ressalvou com delicadeza que teria prazer, só não queria conversa com a canalha de padres. Na igreja, em meia hora está resolvido, tenente, não lhe custará muito. Não é pelo tempo, conselheiro, é que meus atos devem concordar com meus pensamentos, que dirão meus inimigos sabendo que fui rezar numa igreja, o Brasil nada é por causa dessa nossa indefinição de crenças. Mas eu já disse a todo mundo que o senhor era o padrinho. Poderei

A FUGITIVA   115

abrir uma exceção, se é tão vital para o senhor, quem será a madrinha? Nossa Senhora da Conceição. Só me faltava essa. Será representada por dona Olga, a professora de línguas. Sim, eu a conheço, como se chamará tua filha? Joaquina. Aceitarei se mudar esse nome. Qual o senhor prefere? Liberdade.

Ao reencontrar a mulher que o fascinara anos atrás, Iperoig rompera um noivado tranquilo. Para sua surpresa, Olga não se mostrou difícil. Seus braços e peitos começavam a engrossar, mas os olhos, a boca, o andar continuavam os mesmos. O idealismo desastrado do tenente a enterneceu, o acostumou a puxar a descarga depois de mijar, na caserna, se justificou ele, temos um praça que faz isso. Olga engravidou e abortou em segredo.

Certa tarde ele a convidou a uma expedição. O exército daria apoio a uma equipe de cientistas estrangeiros indo a Sobral, interior do Ceará, observar o eclipse do Sol. Não haverá outra oportunidade, lhe falou enrolando um anel do cabelo, nenhum dos nossos descendentes viverá experiência igual. Ela pensou na criança que abortara, perguntou se a viagem seria cansativa.

Na véspera, sentados para jantar na pequena cozinha, ele lamentou que ela não estudasse matemática, língua universal da ciência. Talvez as mulheres não tivessem inteligência geométrica, não indo além, salvo as excepcionais, da aritmética elementar. Homens como ele, sim, eram capazes de pensar a série interminável dos números positivos, os silêncios espantosos desses espaços infinitos, a intrepidez religiosa de conceber a conversão do nada no tudo. Abriu uma revista alemã, lhe mostrou do que trataria a expedição, medir a posição das estrelas além do Sol, depois compará-la à que se medira desde Tycho Brahe, confirmando, ou não, a relatividade de Einstein. Ao menos sou boa aluna, Olga comentou, sacudindo da toalha as migalhas de pão.

Acamparam na beira de uma lagoa amarela.

À noite, os cientistas, dois ingleses, um dinamarquês, puxaram violinos, tocaram sonatas. O guia da expedição sentou nos calcanhares, já ouvi essa música, parecia dizer. Era um homem nervoso, metro e meio de altura, inchaços vermelhos na cara. Leproso, pensara Iperoig quando o contratou. Estavam havia uma semana em Fortaleza, entrevistara diversos sertanejos, mas preferira aquele. O que acha, Olga? Talvez não seja morfeia mas, daí se for, merece ganhar a vida.

Aquela noite, à margem da lagoa amarela, o guia gafoso sentou nos calcanhares espiando a fogueira do acampamento, certo de ter ouvido antes aquela música. Os estrangeiros guardaram os instrumentos, os brasileiros puxaram pandeiro e sanfona, depois foram dormir, a fogueira se apagou, o lazarento foi caminhar na beira da água.

Sobral eram oito ruas e duas praças. Sábios e jornalistas se recolheram ao único hotel, os praças, sob comando de Iperoig, bivacaram num descampado à beira-rio, ao lado de uma fileira de casas baixas, apalhoçadas. Sob um fifó amarelo, Olga puxou conversa com as mulheres, explicou o que era um eclipse. Tenho medo, disse uma. Mas é um fenômeno natural, ela explicou, passando a mão no seu cabelo. Nosso medo, disse outra, é o homem que está com vocês, o gafo.

Amanheceu chovendo, os cientistas resmungaram, tanto trabalho, tanto incômodo, ouvir sanfona e pandeiro para o céu nos fazer uma dessas. Alisavam os telescópios. Tanto trabalho, tanto incômodo, resmungavam os praças, ouvir rebeca e mais rebeca pra nada, fodam-se, quem mandou contratar um macuteno. Foi o tenente e sua mulherzinha, se queixou o mais novo. Então levaram cinco cães da expedição e os atiçaram contra o guia. Em meia hora por entre nuvens apareceu o sol, se destamparam as lentes, tomaram posição os fotógrafos.

Continuo com medo daquele homem, disse Olga a Iperoig quando regressavam a Barbacena. Por quê? Porque há muitos homens que são aquele. Você quer dizer, corrigiu Iperoig, que há muitos homens como aquele? Ela esperou um instante e concluiu olhando a paisagem, não, meu amor, você é positivo demais pra entender.

No ano seguinte, ele foi designado para Piraí, ela continuou sua fuga. Se escreviam, ele mandava livros, panfletos. Foi um treinamento de amor, pensava a fugitiva. Em 1924, soube que um coronel Iperoig fora ferido no bombardeio de São Paulo. Em 1927, chegou um envelope da Bolívia com um lenço vermelho e um pedido de casamento, mas ela já não morava em Barbacena. No começo de 1932, leu em Sorocaba um decreto que obrigava os paulistas a proteger mendigos, considerando que a maior parte dos vadios é formada pela burguesia, não por eles que, quando por motivo insofismável da ordem, devessem ser afastados do ponto onde se achem, a autoridade competente o fizesse com todo cavalheirismo, ainda mais se forem senhoras. Isso tem a mão do meu tenente tolo, pensou.

SANATÓRIO ANAMNÉSIO
NOVO MÉTODO
Doutor Augusto dos Santos

O médico, surpreso de vê-la tanto tempo depois, a contratou como professora, ensine o que puder e o que quiser, aqui não é o fim do caminho. Como assim? Sou espiritualista de linha branca, creio que espíritos transmigram, passam por encarnações, a cada uma purgam seus pecados, não tenha pena desses tísicos, sofrem por mérito, um dia alcançarão a mocsa, descendem dos macacos catarríneos, passarão a vida com a boca junto de uma escarradeira pintando o chão de coágulos sanguíneos. Olga desconversou, perguntou do morto que o perseguia.

— Na véspera de morrer, me pediu enviar duas cartas. Uma era de desilusão, a outra de amor.

— Cadê? Se eu as lesse talvez entendesse melhor o senhor.

— A de desilusão, queimei, a de amor, dei à freira.

— Não me falou da freira.

— Falei. Mas se quiser, guardei uma terceira carta, essa é da mulher do morto, chegou tarde, Meu marido e amigo, sinto vê-lo abatido, mas tenho fé em que se recuperará. Consultei o doutor Platão Albuquerque, tem feito milagres no caso de nossa doença. Não se preocupe, o teu amigo J. me deu o dinheiro e até me acompanhou na consulta. Você é a minha vida, hoje me sinto um pouco desamparada, como diz aquele verso que você gostava, I hate, you see, when evenin'sun go down, só que agora é todas as horas. Nossos rebentos continuam a estudar, não se preocupe, o mais velho tosse de madrugada, o mais novo continua com medo de lacraias, mas não é nada. Despeço-me com muitos beijos. Esqueci de botar teu pijama na mala, perdoa-me, dizem que é frio aí, quando cai a noite. No dia seguinte à tua viagem, procurou-me um representante da firma Mármores e Granitos Dia e Noite, passei a J. o cartão que me deixou. Ah, sonhei a noite passada que te cuidava uma freira seca mas bondosa. Tua para sempre mulher e amiga, Núbia.

Olga se instalou num dos apartamentos a cem metros do grande pavilhão. O médico vinha semanalmente da capital, às vezes dormia no cômodo contíguo, passava as noites pigarreando na esperança de ela, do outro lado, entender. Uma noite, Olga se levantou, tirou o penhoar, lhe bateu na porta. O médico se sentiu perdido, nada aconteceu.

Como em qualquer sanatório, o tratamento era repouso, boa alimentação e injeção de ar entre o pulmão e a parede do tórax, antes levardes ainda uma quimera para a garganta omnívera das lajes do que morrerdes, hoje, urrando ultrajes contra a dissolução que vos espera. Mas tenho aqui, disse o médico, uma novidade, senhora sabe o que é anamnese?

Apresentou-a como assistente na primeira entrevista de um candidato a interno.

— nome completo.

— José Eduardo da Silva Ramos.

— idade.

— 38.

— estado civil.

— nunca casei.

— profissão atual.

— biscateiro.

— anterior.

— player de futebol

— queixa principal.

— escarro sangue.

— sente dor?

— quando acordo.

— uma dor que se espalha ou não?

— não sei dizer.

— agora, conte sua vida.

Está pronto para ser internado, concluiu Olga. Para ser internado, mas não para ser tratado, disse o médico, anamnese quer dizer recordação do que se finge esquecido. Eu tinha esquecido, disse Olga, meu marido era médico. Saberemos em que hora do dia a dor é mais forte, se dói quando anda ou está parado, se tem intolerância ao calor ou ao frio, se cospe em jato ou em bola, se o jato urinário é fino ou bífido, se tem disúria ou noctúria, epispádia, dipareunia, alteração da marcha, torpor, rigidez matinal, alucinação, se quando fecha os olhos vê moscas volantes.

Na segunda entrevista, o médico perguntou a José Eduardo se era feliz. Já fui. Onde? Na França. Voltara depois de treze anos, já no trem para São Paulo o reconheceram, imagine, meu filho, essas pernas arcadas driblando europeus. Cansou de dar autógrafos. Estranhavam vê-lo esperando ônibus. Explicava com paciência os trompaços da vida, joguei na Itália, França e Holanda, não aguentei preparadores exigentes. Tive mansão em Montmartre, duas ferráris na garagem, o diabo, nunca liguei pra dinheiro, fui roubado por empresários, ainda tenho muita coisa, deixei com a Lú.

— quem é, perguntou o médico.

— qualquer dia bate aí. Uma loura.

O irmão, que era da Prefeitura, lhe arranjou emprego noturno no museu do Ipiranga. Fitava a noite do parque, acompanhado de vultos históricos e estátuas brancas dos corredores frios. Corujas piavam no forro, saía para fumar na varanda, lembrava o tempo de soldado no forte da praia. Certa manhã, museólogas se queixaram ao diretor, alguém dorme na cama do rei de São Paulo, encontramos os travesseiros amarfanhados. Despedido, José Eduardo encontrou na rua Branca de Neve, ex-colega de farda. O outro passara de ordenança a investigador de polícia, cometia barbaridades, até hoje chupo manga, você é que ganhou dinheiro. Ganhei, ganhei, se soubesse guardar, botava pelo ladrão, deixara na mão de uma belga, vidrada por ele, uma grossa quantia.

— quanto era, perguntou o médico.

— perto de três milhões de francos. Quando ela souber que estou internado, bate aí, atrás de mim.

Na Europa não metia a mão no bolso. Uma vez driblou três do Fluminense sem tocar na bola, sujeitos da sua idade tratavam de impressionar os filhos, olhe bem pra ele. Mulheres o fitavam de soslaio, não me diga que é o tal de José Eduardo, o que é o tempo. Contou que Branca de Neve tinha uma bala nas nádegas, vivia agora de pequenos serviços.

— biscateiro, como o senhor?, interrompeu o médico.

De vez em quando o amigo precisava de assistente, lhe pediu um favor, fosse a um endereço perguntar por fulano. Quando o cara aparecer, digo o quê? "Desculpe. Foi engano." Depois, me descreve como ele é, cor, altura, gordo ou magro, cabelo ruim ou não.

— amanhã, depois do café, o ouvirei de novo, disse o médico recolhendo a ficha.

— onde pretende chegar, perguntou Olga.

— na história desse homem.

— e se ele mentir?

— melhor ainda.

Perto do Natal, Branca o convidara para a sinuca no clube dos policiais. Comendo coxinhas, deduziu qual era o trabalho dele.

— qualquer detalhe é importante, falou o médico.

— me disse, quem não morre não vê Deus.

— está querendo dizer que era assassino de aluguel?

José Eduardo mostrou os dentes amarelos:

— não é da sua seara, doutor.

Ao acordar se demorava na cama, ouvia ruídos. Uma senhora resmungava no quintal ao lado, enchia uma lata de banha. Que idade tinha? Na Europa não se enchiam latas de madrugada.

— aceito morrer, doutor, mas algumas coisas são difíceis.

— prosseguimos amanhã.

Uma pré-interna se chamava Creusa, carioca, internação e tratamento por conta de uma associação.

— conte sua vida, pediu o médico.

Meus pais, avós e tios morreram da doença. Meu pai faleceu assim que me fez, aos dezessete anos. A família nunca soube de mim. Vivi num orfanato, com quinze saí para viver com um velho dono de um botequim, aprendi a cozinhar, servir, limpar, cuidar de bêbado, fingir com homem. Não posso ter filho. Sou poetisa, escute, andas em vão na terra apodrecendo à toa pelas trevas esquecendo a natureza e os seus aspectos calmos, diante da luz que a natureza encerra andas a apodrecer por sobre a terra antes de apodrecer nos sete palmos.

O médico se perturbou:

— que associação é essa que vai te pagar o tratamento?

— não sei, me procuraram ao saber de quem sou neta.

— e de quem é?

— lhe digo se guardar segredo.

— o que se diz na anamnese na anamnese fica.

É uma história longa, se o senhor tiver paciência.

— tenho toda.

Larguei meu marido, procurei a família de meu pai, tinham todos morrido, menos um tio, com quem fui morar, era uma casa fria, cheia de lacraias. Expulsar aos bocados a existência, recitou o médico, numa bacia autômata de barro, alucinados, vendo em cada escarro o retrato da própria consciência. Ao ver que eu era poetisa, continuou Creusa, meu tio abriu um armário, pegue os escritos de teu avô. Eram amarrados e amarrados. Algumas poesias não estavam completas, outras comidas de rato.

— e onde estão esses amarrados, perguntou o médico, chupando um dente.

Se o senhor tiver paciência chego lá. Um dia, me deram a notícia que meu tio morreu no bonde, querendo dizer a angústia de que é pábulo e com a respiração já muito fraca sentir como que a ponta de uma faca cortando a raiz do último vocábulo. Também sei poetar, disse o médico, junto da morte é que floresce a vida, andamos rindo junto à sepultura, a boca aberta, escancarada, escura, da cova é como flor apodrecida.

— mas ainda não contou como a associação chegou em você.

Li no jornal que meu tio era o único vivo da família. Fui pedir para desmentirem, conheci um senhor distinto, quis comprar os amarrados. Estão em mau estado, lhe disse. Não faz mal, pago o que quiser.

— você vendeu, perguntou o médico, suando.

Espere. O senhor apareceu lá em casa na semana seguinte, mas teve um temporal, a casa encheu, lacraia por todo canto. Os amarrados viraram lama.

— todos?

Menos um, quase ilegível. O dito senhor me disse, se a senhora leu pode completar os versos, é poetisa e neta. Meu avô não me conheceu, expliquei. Não tem importância, está no sangue.

— esse amarrado está aqui com a senhora?

— também vendi.

— e o que fez com ele a associação?

Publicou como se fosse só de meu avô. Era meu e dele.

— se seu avô é quem estou pensando, me persegue há muitos anos.

No amarrado, continuou Creusa, havia um envelope para minha vó, um derradeiro pedido.

— uma carta, tremeu o médico. De onde vinha?

Não chegou a pô-la no correio, a deixou na gaveta antes de ir para a última viagem.

— a penúltima.

No envelope, pedia a minha avó que superasse o ciúme e a entregasse a outra mulher. Imagino quem, por toda a parte onde vás chamam-te judia e cobrem de pompas de arte a pompa de tua beleza, mas tu num soberbo encanto de nevada e fria rosa, ó meu pálido amaranto, não és judia, és brumosa, a tua carne alvorece em latescências de opala, brilha, fulge e resplandece e um fino aroma trescala, és a límpida camélia nos jardins reais plantada ou essa lânguida ofélia melancólica e nevada, o teu corpo imaculado, flor de místicas origens, parece um luar velado e lembra florestas virgens, com o teu amor ilumina a minh'alma envolta em crepe, ó vaporosa neblina, ó branca e gelada estepe.

— Creusa, você não está mentindo?

Creusa revirou os olhos, caiu, rolou até a porta, se levantou sobre os pés tortos, soltou a cabeleira, hiiiiri, ra-ra, ra-ra, raaaaara, raaaaara, você não me conhece, ra-ra, ra-ra, raaaaaara, rarará, rara, não me desafie. Não desafio ninguém, sussurrou o médico. Pois acho bom, sou a vadia do Zé Pelintra, te estrepo, te fodo agora, te arranco, faço tudo, tudo, sou a bundeira do cão. Tirou da bolsa o charuto. Olga voltou com as risadas e o estrondo na porta. Pombagira, explicou ao médico.

Olga fugiu do Sanatório para Sorocaba, distribuiu cartões de linho como mme. Alcira de Tolosi, habilitada a ensinar etiqueta, piano, canto, bordado de bastidor, confecção de flores, italiano e francês. Alugou um sobradinho em frente à estação, na verdade sublocou do agente que decidira se mudar quando um dos filhos ao atravessar a linha engatinhando fora esmagado pelo trem. As poucas alunas admitidas em sua casa falavam dos desenhos modernistas, das paredes da pequena sala, cada uma de uma cor. Mme. Alcira infundia tal respeito que, às vésperas do 9 de julho, enquanto era preso, sob alguns tabefes, o notório agitador Perereca, os patriotas estancaram à sua porta. Ao avançar a mão para girar a maçaneta, contava um deles, a sentira imobilizada.

Com a revolução, para instalar o comitê de donativos, a câmara decidiu despejá-la do sobradinho. O prefeito lhe enviou uma comissão de mulheres, entre elas a enfermeira Isabel. Se fez um acordo, a municipalidade armava uma tenda no quintal para o comitê, as cinco mulheres que o compunham, podiam usar a cozinha e o banheiro de mme. Alcira. Isabel lhe perguntou que restrições tinha à união de São Paulo pelo Brasil, ela respondeu que qualquer patriotismo é uma merda, no final machos mandarão mais que antes, São Paulo continuará pior do que sempre fora.

Certa vez, encerrada a reunião do comitê, Olga pediu a Isabel que ficasse, você precisa saber, minha filha, o que está no fundo dessa guerra. Isabel pouco entendeu, nada ouvira de política, na escola ou em casa, ficou impressionada, onde a senhora aprendeu tudo isso? Olga contou que tivera um padrinho nacionalista, crente na lavoura como a salvação do Brasil, fora ao interior plantar, as saúvas e a politicagem o arruinaram, certo dia foi visitá-lo, descobriu a miséria, perguntou a um lavrador por que não plantava nada, enxugando a testa, lhe abrira os olhos, *Qual, sinhazinha está enganada, terra não é nossa*. Esse seu padrinho atendera ao apelo do governo militar para combater os reacionários, se alistou apesar de velho. Designado carcereiro de inimigos rendidos, denunciou torturas e execuções na própria prisão que comandava, foi preso e fuzilado. Está aí, minha filha, o que são políticos e militares. O olhar de Isabel se perdeu. Mentalmente fiz a ligação dessa gente com a miséria do campo, uma sustentava a outra, ah, me lembrei do nome do camponês que me abriu os olhos, Felizardo.

128   *Joel Rufino dos Santos*

Isabel pensou que aquela senhora queria catequizá-la, mas se envaideceu. Não passava de uma pretinha do interior, é verdade que com diploma de enfermeira, não ia a bailes porque o pai não deixava, o primeiro homem que viu de perto foi um professor que vinha ao sítio prepará-la para a faculdade, sua mãe não desgrudava, um cafezinho, um suco de laranja cabocla, um pratinho de rosca. Olga continuou a falar sem pressa, faltava uma última ligação, meu marido. Como assim? Os políticos e militares reinavam no Brasil, meu marido reinava em casa, era doutor e deputado, fui pedir para salvar meu padrinho, ao invés disso me humilhou, larguei ele há trinta e sete anos.

Os fundos da casa davam para o mato. Do alpendre, Olga o fitava com medo. Nunca dormia tranquila, que estalidos eram aqueles, que aves da escuridão piavam naqueles galhos, a quem pertenciam os olhos fosforescentes que a espreitavam pulando de um ponto a outro? Descobriu a diferença entre mata, intrincado de troncos e lianas, verde, aquosa, em que a noite cai de uma vez, e mato, espaçoso, vivo, cinzento, seco. Um domingo convidou Isabel a um piquenique, acabaria com a cisma, abririam a cesta numa relva, seguiriam a trilha até o outro lado, chegariam aos laranjais de Joaquim Nascimento dos Anjos. Passaram por cabanas desprendendo fumo e cheiro adocicado de ervas. Índios, perguntou Olga. Não, gente, falou a enfermeira. Viram alguém correr de uma meia caverna, pisaram ossos, caiu atrás delas uma folha grossa. Quem será esse solitário?

Aos domingos, Olga fazia uma seresta com violeiros da região. Aprendeu afinações novas, sua voz de contralto se unia às de cantadores em tangos e modinhas, apareceram dois gêmeos de Araçoiaba, ela os admirava, eles a admiravam, faziam-na abrir e fechar a seresta com choros. Se lembrando de Coração dos Outros, lhe escreveu mais uma vez, *Vem me ver, querido amigo, se já me perdoou, aqui se sonha e canta, padeço de tristes saudades, decore meu endereço e destrua esta carta.* Em tantos anos de fuga ela voltara só duas vezes ao Rio. Num carnaval desceu do bonde, da varanda em que o pai a esperava o pai lhe acenou, ficou com ele um mês, Coleone não reclamou, ele próprio fugira de Salerno aos treze anos. Num natal desceu do bonde, do esquife em que a esperava lhe acenaram gerberas e rosas.

Olga pegou Coração dos Outros na estação, o reconheceu de longe, magrinho, balançando na plataforma, mala de papelão, casaca sebenta, gravata borboleta. Ficaram mudos abraçados. Organizou uma seresta especial. Apareceu um radialista que gravava duplas caipiras e o convidou a cantar no seu programa quando regressasse por São Paulo, Coração recusou, o rádio vai matar a música, sou um artista popular, não me vendo. O outro não fez mais que rir. Coração aprendeu alguns cururus, acompanhou sem entusiasmo os gêmeos. Quando Olga lhe contou que agenciava artistas da região para o rádio, lhe bateu a tristeza, nunca pensei em vê-la, depois de velha, ganhar dinheiro com arte. Como acha que vivo, uma mulher sozinha?

A COLUNA DE NUVEM

Harlem, por volta de 1920

Nesse momento, o negro é um rato encurralado, falou Richard. O jovem e risonho Calvert não entendeu de que momento o amigo falava. Sussurravam para não perturbar o culto. O reverendo Elisha caminhou do púlpito para o órgão. Seu rosto comprido se iluminara de fé, glóóooo, ooó, ooó ria! O coro o seguiu, numa afinação que Calvert jamais ouvira.

O estudante de Columbia era o único homem branco na igreja. A energia de vocês é a música, falou, quando a transformarmos em força política a revolução explodirá na América. Pago pra ver, disse Richard, primeiro o negro tem de se livrar do branco. Terminado o culto, reverendo Elisha se planta na porta para cumprimentar os fiéis, senhoras de chapéu, senhores de gravatão com pérola, moços de cabelo esticado. Este é Calvert, nosso amigo, apresenta Richard, não é turista nem cristão, mas estará conosco no paraíso. O reverendo mediu o rapaz. Estou em êxtase, disse Calvert, felicito-o e à sua congregação em nome do partido. E pode-se saber qual é o seu partido? O Comunista dos Estados Unidos. Diminui a fila de membros cumprimentando o pastor na calçada, entre pedintes e mulheres embriagadas com meio seio de fora.

Os filhos de Elisha tinham nomes bíblicos. Na sala, mal o pai ouvia o choro, abria o livro e corria com o dedo. O primogênito ficou Samuel, o segundo Ezekiel, a terceira Shadrak, o último, temporão, Geare. Geare vivia com o nariz escorrendo, tinha uma perna ligeiramente mais curta que a outra, a diversão dos colegas era derrubá-lo com trompaços até que, começando a andar com a turma da rua 125, passaram a temer seus canivetes e pontapés com a perna aleijada. No verão daquele ano começou a frequentar a sede do partido comunista num pardieiro da rua Addington. Não simpatizava com nada que cheirasse a trabalho, mas se sentia atraído por qualquer organização, gostava do ar enfumaçado, a voz baixa dos rapazes e moças brancas, mechas na testa, livros sob o braço, bolsas enormes de plástico.

O inverno veio rigoroso, a neve fofa cercava o pardieiro, os brancos rarearam. Naquele começo de noite, uma garota de cabelo ruivo pediu a Geare que a levasse para conhecer o segundo andar. Na semana seguinte, apareceu um investigador fazendo perguntas, examinando escadas e janelas, remexendo a fornalha com pá. Mildred desaparecera. Quando o tempo melhorou, o policial voltou com uma escavadeira. O vigia cubano do night-club em frente testemunhou, sem vacilação, ter visto, na semana anterior, um fardo cair da janela, se aproximou, viu que era uma garota ruiva, nua, não avisara à polícia por ser imigrante ilegal. Os parentes de Geare recorreram a um advogado da Sociedade Voluntários da Paz, camuflagem para esquerdistas e garotas más, começaram a orar. Geare se escondeu uma semana em depósitos abandonados até que, expulso pelo vento gelado e a fome, se aproximou de um lixão. A última vez que o advogado esteve com ele, véspera da execução, se queixou de um caroço no sovaco esquerdo. Não quis mandar qualquer recado para a família. A Calvert, que organizou uma manifestação em frente à detenção, mandou um simples obrigado.

A mulher do reverendo pulou da cama. Nevava havia bom tempo. A casa era sombria, as cortinas, pesadas como se fossem uma extensão da igreja, soltavam poeira à aproximação de gente ou bicho. Onde está Shadrak, perguntou ele, entrando na cozinha, não chegou, respondeu a mulher. Muito mais baixa que o marido, era medrosa. Como não chegou, o senhor te cobrará por essa pecadora.

— É nossa filha, reverendo.

— Não permitirei que esta criatura nos perca. Não tem café?

A mulher afasta a cadeira para o homem sentar. Oram. O café disparou esta semana, diz ela, pede à congregação te aumentar o salário. Se Shadrak não entrar em cinco minutos por aquela porta, feche-a para sempre, ordenou ele. Nunca diga para sempre, reverendo. E Ezekiel, por que não aparece? Dormiu tarde, reverendo. Como, se tem a obrigação de abrir e varrer o templo? Leu até tarde, deixa ele dormir. Leu, leu, leu, ontem o viram caminhando no Central Park com três ou quatro amiguinhos, o que lê não sei, mas sabemos que pecados comete. O reverendo se levanta, o senhor tenha misericórdia desta casa. A mulher, em voz sumida, pergunta, desde quando engraxar sapato é pecado.

Uma sombra vinda da rua desliza para o segundo andar.

No domingo seguinte à execução de Geare, Elisha pregou sobre a desobediência da mulher, *E falaram Miriã e Aarão contra Moisés, por causa da mulher cusita que tomara, e logo o Senhor disse aos três, Vós três saí à tenda da congregação, e saíram eles três. Então o Senhor desce na coluna de nuvem, e se posta à porta da tenda, depois chamou a Aarão e a Miriã, e eles saíram ambos. E disse, Ouvi agora as minhas palavras; se entre vós houver profeta, eu, o Senhor, em visão a ele me farei conhecer, ou em sonhos falarei com ele, por que pois não tivestes temor de falar contra o meu servo, contra Moisés? Assim, a ira do Senhor contra eles se acendeu, e foi-se. E a nuvem se desviou de sobre a tenda, e eis que Miriã ficou leprosa como a neve, e olhou Aarão para Miriã, e eis que estava leprosa.*

Ao invés de descer para o órgão, como sempre, Elisha permaneceu olhando sem ver a porta da entrada por sobre a congregação, como se lá houvesse estacionado uma coluna de nuvem, ou uma tenda ou uma queixa vaga de túmulos, ou o esperasse Miriã, cor da neve. Teve a certeza de ver o rosto de Geare ao receber a descarga. Naquele mesmo domingo procurou um faz-tudo do bairro, lhe encomendou documentos e passagem. À mulher, a Samuel, a Ezekiel e a Shadrak, a cada qual conforme seu talento, deixou uma carta.

A viagem, na terceira classe atulhada, era para Trinidad. Não sabemos o que houve, Elisha continuou para a Venezuela, onde também não desceu. Na altura da Bahia brigou com o cozinheiro que recebia propina de um turco para aumentar a ração dos dois filhos. Elisha era justo e inocente.

A maria-fumaça atravessa campos de café, algodão, laranjais. Vendo que o passageiro e o agente não se entendem, uma jovem de óculos se intromete:

— O moço quer confirmar a baldeação para Americana.

Traduza que faltam duas estações, na terceira ele desce e pega o de Santa Bárbara, diz o agente. A senhora fala inglês, diz Elisha, feliz. Falar é exagero, troco meia dúzia de frases. A senhora é modesta, onde aprendeu? Senhorita, ela corrige, imagino que o senhor tem parentes em Americana. Não, não, sou pregador, tenho uma carta missionária batista. Depois de um tempo em que apreciam a paisagem, Isabel retoma, por que escolheu o interior de São Paulo? Elisha, franzindo a testa, entristecendo o olhar, a senhorita conhece a história de Jonas? Quando passa o cesteiro, Elisha pergunta se pode lhe oferecer alguma coisa. Não como doce, obrigada. Desculpe, a senhora é cristã? Isabel evitou a resposta direta, meu pai e minha mãe são batistas como o senhor. Sentindo decepcionar o homem que acabara de conhecer, acrescentou, não pratico qualquer religião, mas tenho fé. O trem apita, já se vê a estação adiante e, além, na várzea, uma fileira de tendas de operários. Um redemoinho levanta poeira e folhas. Deus se manifesta de muitas formas, diz Elisha, outra vez triste. Como naquele pé de vento, pergunta Isabel.

Quando Elisha lhe apresentou a carta missionária, pastor Cleaver chegou a pensar que se dariam bem. Eram a segunda geração de imigrantes, nenhum enriquecera, mas também caíra de classe e de costumes. O que nunca esperavam era topar de novo com gente como aquela. Instalou Elisha numa casinha de porta sem janela, baixa, lhe ofereceu trabalho de coletar algodão em sua fazenda, pediu uma semana para se comunicar com a missão na capital. Em Vila Americana somos todos brancos, como puderam nos mandar essa pessoa? O secretário da missão alegou que o erro fora de Nova York, não desse ministério ao irmão negro, mas o deixasse frequentar a congregação. Cleaver convocou os diáconos, foi sincero com Elisha, não é por mim, nada tenho contra vocês, só acho que nunca se sentirá bem entre nós, tenho uma solução, em Sorocaba, perto daqui, há uma congregação mista, brancos e mestiços, servirá ao Senhor por lá, transfiro sua carta, poderá cantar e pregar.

Em Sorocaba, ninguém ficou a favor ou contra a revolução que veio do sul. As autoridades receberam e despacharam os gaúchos com discursos parecidos a horóscopos ou a poção de farmácia.

Perereca, doido oficial, subiu no banco da praça, declarou aos berros que votara em Getúlio, o que se estava cansado de saber. Foi em cana por perturbar o sossego público, esperava mais, se sentiu humilhado. Afora isso, houve um sobe e desce na escada do sobrado do Instituto Histórico, Geográfico e Genealógico, mas nenhum discurso escapou pelas janelas em que pregara, havia quase um século, o Padre Feijó e, mais recentemente, Olavo Bilac, pelo amor à pátria e pelo serviço militar obrigatório.

As manifestações sorocabanas só começaram dois meses depois, praticamente no ano seguinte. Nenhuma a favor de Getúlio, embora muitos bebuns, carregadores de estação, operários têxteis, gente dessa laia, sempre inclinada ao anarquismo, cá consigo e nos sussurros das lamparinas, torcessem pelo homem odiado por patrões, fregueses e polícias. Ou vai ou racha, andou discursando Perereca nos locais de maior trânsito, o que lhe valeu de novo algumas horas de xadrez e ameaça de palmatória para esclarecer a frase comunista ou, antes, a maneira comunista de dizer a velha frase. Havia outros subversivos na cidade, é verdade, como o professor Salustiano Portalupi, nervo, alma e cabeça do Liceu Sorocabano, sem quem o ensino regional regrediria ao tempo da Colônia, que ministrava de matemática a trabalhos manuais, passando por ginástica calistênica. Na única vez em que fora preso, ainda estudante, tentara fomentar o bolchevismo entre operários da Têxtil Sorocabana, aproveitando a greve geral da classe. Entre os ferroviários havia, certamente, outros vermelhos, mas a autoridade os tinha sob vigilância. Havia também os solertes, como padre Enrico, que usava as Escrituras para atacar a propriedade e a ganância. E Olga, a solteira.

O governador de São Paulo foi bem claro, não haverá inquérito, Santos Dumont não se suicidou. Só um desmiolado como Perereca para dizer em público o que todos sabiam, não se matou por ver o seu invento trazer a morte do céu, de onde só deviam cair chuvas e bênçãos, mas porque o amante o abandonou numa praia deserta. Perereca lembrava também, na fala saltitante que lhe valera o apelido, que o homem era melancólico, tendo vindo a Sorocaba, mais de uma vez, consultar João de Camargo, que ligou para o Supervisor na sua frente, discando o número 14-14, 14-bis, alô, Deus está? Perereca, saído havia pouco de cana, onde ameaçaram lhe cortar a língua se insistisse em denegrir vultos da nossa história, não implicava em especial com o pai da aviação. Seu descaramento foi ao ponto de imprimir um pasquim, *A verdadeira história da nação brasileira*, em que, em meio a asqueroso lixo de infundadas invectivas, afirmava ter sido a assinatura da Lei Áurea facilitada pela propina de duas fazendas na Bélgica com escravos núbios, em nome do conde d'Eu e, ainda pior, que o célebre travesseirinho de terra brasileira levado por dom Pedro ao exílio estava recheado de cédulas do tesouro nacional. Para alguns sorocabanos seria dádiva divina o desaparecimento de Perereca, mas o despirocado contava com a afeição de frequentadores de tascas e randevus, habitués da cadeia pública, devedores, falsários, ladrões incompetentes. Era estimado também por duas ou três criadas que vinham vê-lo depois das vinte e duas horas. O chefe de polícia, pretextando que guardava sob o colchão revistas estrangeiras com mulheres nuas, o remeteu preso para a capital. Como reclamasse da cela, em tom de discurso, o transferiram para o manicômio judiciário.

O reverendo Elisha demorou semanas para dizer uma frase com sentido em português. Sua participação no culto era cantar e cantar. Depois, como fazia no Harlem, sorriso sincero e cavalar, apertava na porta, ao lado do primeiro pastor, mãos ásperas de fazendeiros, oleosas de comerciantes de boi, transparentes de meninas com chapéu de fitas, meias de losangos preto e branco. A congregação eram quatro ou cinco famílias pomeranas completas, diversos americanos e ingleses rubicundos, tão grandes que o próprio Elisha se sentia pequeno. Um casal negro, que chegava e partia num buick verde, com chofer, o intrigava.

A COLUNA DE NUVEM   139

Joaquim Nascimento dos Anjos viera de Sacramento, Minas, com algum dinheiro, comprara terra barata numa vertente da serra do Rodovalho, firmara reputação de bom lavrador, bom vizinho. Plantara laranja, desenvolvendo com outro mineiro, formado em agronomia na Carolina do Norte, a lima-sorocaba que enriqueceu a ambos. Suas palavras eram pão, pão, queijo, queijo. O que escutava no rádio, no sermão, lia no jornal, na Bíblia ou nos contratos era o que era. Fazia aferições à noite, ele e a mulher, antes de fechar pessoalmente os janelões da fazenda, tanto as metafísicas quanto as de mercado. Acreditava em mentiras deslavadas por incapacidade de supor. Não lhe passava pela cabeça alguém se atribuir um passado, bom ou mau.

Tinha uma filha que mandou estudar enfermagem em São Paulo. O pai pensara em batizá-la Amarilha, a mãe, Gumercinda. Isabel nasceu em 12 de maio, ficou Isabel da Véspera Nascimento dos Anjos. Falava sozinha desde pequena, tinha o corpo da mãe, meia altura, acaboclada, do pai o temperamento sisudo, a determinação de fazer bem o que lhe tocasse. Quando a mãe pegou uma lufada de vento que descia da serra e ficou para sempre entrevada e cega, Isabel voltou de São Paulo para cuidar dela em tempo integral, começando por explicar aos parentes e amigos que nenhuma lufada de vento tinha ou jamais tivera aquele poder. O único desgosto do pai era que Isabel, se não descria em Deus, não condenava as entidades dos rios, matas, penedias, cachoeiras, caciques e pretos velhos. Libertos, ele e a mulher, pelo sangue de Cristo, atribuíam

140   *Joel Rufino dos Santos*

a descrença de Isabel à estadia em São Paulo, embora não soubessem metade das sacanagens que as irmãs da Escola de Enfermagem da Diocese do Ipiranga lhe haviam feito. A isso e a certa amiga que Isabel ganhara ao retornar a Sorocaba.

João de Camargo nunca usou sapatos ou botinas. De pés tão magros que não sustentariam uma criança, as solas formavam uma crosta, terminando em calcanhares gretados e, na frente, em artelhos de mulher. Das muitas histórias sobre seu passado, só era certo que fora operário cachaceiro, parece também que coroinha e voluntário na guerra de 1893. Seus dons eram poucos, conselheiro em amor e saúde, comunicação com falecidos, caciques, pretos velhos, eventualmente com os monges José Maria e João Maria, curas em doenças feias dependendo, nesse caso, da fé do interessado. Nenhum dinheiro passava por sua mão mas, com o tempo, surgiu um complexo de negócios em volta da capela da Água Vermelha, hospedaria, lambe-lambe, impressora de santinhos, garrafas de águas bentas, medalhinhas, assessores que mediam o recém-chegado pela roupa e o meio de condução, padiola, rede, charrete, automóvel. Recebia os necessitados, de alma ou de corpo, no fundo da capela, num estrado. A maioria não passava dali, encaminhava alguns a uma saleta penumbrosa onde recebiam frascos curativos, orientações médicas. Cansado de brigar com padres e médicos, João de Camargo não dizia mal de nenhum.

Elisha quis conhecê-lo.

O médium punha as mãos nos ombros de cada sofredor, olhava o céu da capela, acariciava o queixo, dizia qualquer coisa em voz sumida. Usava estola alvíssima de pano barato, para enxugar, de vez em quando, o rosto e as mãos. Tirou Elisha da fila, aplicou um truque que o reverendo conhecia do Harlem:

— Eu te esperava, meu filho, tu és meu e ninguém te roubará de mim.

A voz era aflautada. Pediu a Elisha que o aguardasse na saleta. O americano reencontrou Isabel, a moça do trem. Também espera consulta? Não, trabalho aqui. Faz o quê? Isabel mostrou com o beiço a prateleira de frascos, mas o que cura é a fé. Foi lhe mostrando com o dedo pequeno e fino, garrafadas de orelha de índio, sapequinha, erva sabuja, solana do campo, anacuz, pimenta-de-bugre, respela de grávida.

Quando terminou as consultas, hora e meia depois, o médium passou o ferrolho na porta, tirou a estola, sentou numa cadeira imponente, o corpo fino quase desaparecia, disse, nunca conheci um preto americano. Por que o senhor falou que já me esperava, perguntou Elisha. Isabel traduzia.

Ao se despedir, Elisha pergunta a Isabel se podem se encontrar de novo. Vou lhe dar o endereço de uma amiga, ela diz.

A campanha Tudo pelo Bem de São Paulo invadiu Sorocaba. Houve doação de joias, paradas cívicas, alistamento de voluntários machos e fêmeas. Pererecas e assemelhados foram recolhidos, a associação dos ferroviários fechada, o pasquim anarquista, cujo redator, impressor e distribuidor era o espanhol Angel, empastelado, Angel deportado. O velho Nascimento doou milhares de sacos de laranja, a mulher caixas de goiabada que ela mesma fazia, apesar de cega. Isabel, depois de consultar João de Camargo, se alistou como enfermeira, foi designada para Itararé. Chefiou um hospital móvel, a primeira missão foi organizar doações de analgésicos, gases, iodo, soro. Em quinze dias foi transferida para Cruzeiro, fronteira com o Rio, ali se decidiria a guerra. Elisha a pediu em casamento, o velho Nascimento concordou se fosse para depois da vitória, ainda sonhava com a desistência da filha, nem todo pastor é santo, talvez tivesse mulher na América, por algum crime se refugiara no Brasil. Elisha se alistou também. Só temos em São Paulo meia dúzia de crentes, lhe disseram, o senhor não servirá pra nada. Os crentes são cristãos, respondeu, além disso, trago uma recomendação do bispo, serei útil na vida e na morte de nossos soldados. Como nossos, se o senhor é gringo? Guerra é guerra, respondeu com paciência.

ESSES MOÇOS, POBRES MOÇOS

São Paulo, por volta de 1930

No final dos expedientes, enquanto os bondes se enchiam de comerciárias, o grupo se reunia no Bar do Bigode. Às sextas-feiras, passo mais ou menos firme, saíam para apreciar, formando rodinha, o footing de patrícios na avenida. O mais assíduo, o parnasiano Benedito Lélio, tinha a excentricidade de recitar Cruz e Sousa em cima de mesa de bar, restaurante, festa de quinze anos, *Ninguém sentiu o teu espasmo obscuro, ó ser humilde entre os humildes seres*. Sua pacatez se via no rosto magro, azeitonado, calva de notário, bigodinho. Seu pai, Isaías, antigo tabelião em Oblivium, lhe arranjara colocação de escriturário da secretaria de fomento agrícola. Vivia com a mulher e um filho, Marcílio Dias, numa casinha de vila. Em sua biblioteca se encontravam Fagundes Varela e Ariosto, embora nem sempre Benedito Lélio pudesse pagar as contas do armazém. A família exigia que parasse de comprar livros, o poeta entristecia, a pele mais se azeitonava, só achava consolo, relativo consolo, no Bigode. Depois do sexto ou sétimo rabo-de-galo, os colegas exigiam, recita, poeta, recita, subia na mesa, *O coração de todo o ser humano foi concebido para ter piedade para olhar e sentir com caridade*. Não era, contudo, religioso. O que os amigos mais admiravam nele era o sentimento de honra. Certo domingo, um freguês pôs fogo no armazém de cinco portas em que Benedito tinha conta, queimando os cadernos de crédito, ele procurou o dono, pagou a dívida.

Benedito esteve em casa do Escritor Paulista, tomou licor em bandeja de prata, não segurou a vontade de perguntar, quais os elementos principais do modernismo. O éter e a cocaína, respondeu o outro. Lhe fora pedir opinião sobre o capítulo inicial de uma biografia do Cisne Negro em que trabalhava havia dez anos. Começava pela morte do poeta, sua ânsia de ar e luz no sanatório de Sítio, o embarque do corpo para o Rio num vagão de cavalos, pulava em seguida para uma paisagem selvagem de Desterro, ouvindo piano em casa de uma mulher loura. O andamento é de fita, comentou o Escritor às primeiras linhas, quanto ao conteúdo só um negro como você pode compreender a negritude desse adorador da brancura. Você também compreenderia, provocou Lélio,

Outro membro do grupo da avenida era um antigo delegado de Oblivium, Roberval, mulatão de olhos quase verdes. Antes de entrar na Força Pública, tomara dinheiro de mulher, a começar pela mãe e a irmã. Em companhia dos parentes da mãe, se considerava branco, nos do pai, preto, na Frente Negra, que ajudou a fundar, se proclamava negro, vítima de racismo. Farejava situações de perigo, rara semana não aparecia no Bigode escoriado, hematomado, engessado, capengante. Nas folgas, seu programa preferido era ocupar, mais o sobrinho Absalão, barbearias chiques, espelhadas. Empurravam as portas vai-e-vem de madeirinha ou vidro embaçado, sentavam, abriam revista. Os barbeiros cruzavam os braços, fregueses se retiravam, vinha o dono ou gerente, por favor, senhor tenente, não é por mim, vão embora, não me arruínem a casa. Com pouco, vinham prendê-los, Absalão para a delegacia, Roberval para o quartel. O comandante lhe dizia, toda vez, você passa por branco, foi delegado no interior, é oficial da polícia, cacete, proteste de outra forma, acabará expulso. Roberval se sentia poderoso.

Apesar disso, era o ponto de equilíbrio entre Lélio, socialista, e Álvaro Teixeira, integralista. O padrinho deste Álvaro, comerciante em Catanduva, o sustentara até descobrir que gastara sete anos de mesada em cursos de filosofia, jornais e recepções do movimento Pátria Nova. Habilitado a ensinar português, latim e história, Alvinho, como o chamavam, discorria sobre patrística com a mesma firmeza que sobre a questão religiosa no Império. Lera para os amigos o capítulo base de sua diatribe contra a república, *As incongruências de um enorme equívoco*, em que vaticinava sobrevida máxima de vinte anos para a democracia liberal. Se fazia alguma concessão aos adversários era dialeticamente para pegá-los em platitudes e incongruências. Incongruentes eram os partidos políticos, não importa se liberais ou conservadores, incongruentes a separação de igreja e Estado, incongruente o federalismo, o casamento civil, o voto universal, a matriz anglo-saxã de nossas instituições. Não se dava ao trabalho de odiar o bolchevismo, simplesmente o definia como passageira barbárie, incorporada por criaturas sem espírito, inclusive diversos irmãos negros, como um certo Aleixo que, mal chegado do Rio, fundara um pasquim. Admirava Hitler por uma razão singular, que esclareceu num artigo, a nova Alemanha tem orgulho da sua raça, diferente da nossa, não gostamos de arianos, somos negros e mestiços que nunca trairão a nação, somos esta nação, somos contra a importação de sangue estrangeiro que somente atrapalhou a unidade do Brasil, de sua alma, de sua língua, Hitler afirmou a raça alemã, afirmemos a nossa, sobretudo do seu elemento mais forte, o negro.

Lutando, no seu íntimo, contra a melancolia e o pessimismo, herança da avó paterna, índia de quatro seios, Roberval não estava certo de concordar em tudo com Álvaro, mas confiava nele mais que em Lélio. A Frente Negra precisava de organização e decisão ou se esgotaria em conversas de botequim. O latim de Álvaro não o impedia de agir, era um intelectual másculo, um ideal de força por trás de tudo que fazia, o convencera de que todo negro no fundo era monarquista, propenso a hierarquias e salamaleques, por sua índole não vive sem chefes. Entre os brancos, a democracia poderia até florescer, embora condenada pelos tempos modernos, mas entre os negros só havia uma forma de organização social, o poder do mais íntegro e ilustrado, sim, porque moral e educação foram, desde Calabar, os empecilhos históricos à sua ascensão, deem-me uma igreja e uma escola e libertarei os patrícios, não veem esses moços, pobres moços, que a integração de coração e mente, de sociedade e indivíduo, de capital e trabalho é o caminho? Não há interesse sem moral e vice-versa.

Defendia, no entanto, algumas ideias contrárias, de Benedito Lélio. Qualquer organização negra devia ser crítica para ser original. O socialismo do negro, por exemplo, não seria o bolchevista russo, nem o científico, anglo-germânico-gaulês, no máximo se aproximaria do ameríndio, a terra sem males, socialismo primordial, decorrente da sua concepção de pessoa. Concordava com Alvinho na necessidade de chefes íntegros e ilustrados, movidos por um ideal de força à Mussolini, enquanto Lélio era um pacifista, achando a brandura a melhor qualidade do homem. Tenente Roberval se sentia capaz de fazer a ponte entre Alvinho e Lélio.

Pouco sabiam do passado de Aleixo. Chegara do Rio talvez em 1925, já formado em direito, imprimia O Carioca, um duas folhas que distribuíam, ele e um garoto, de mão em mão, aos patrícios do centro. Não era simpático, não parava para discutir futebol e mulher. Seu pasquim, como os outros, noticiava bailes, passeios, serviços de negros para negros, a novidade era uma sessão recomendando livros, fitas e peças. Fazia campanha contra o futebol, Não devemos permitir que se forme no Brasil, à custa dos contribuintes, mais uma aristocracia, baseada agora nas habilidades dos pés, nos nossos dias, em que todos os pensadores procuram apagar as diferenças acidentais entre os homens, o jogo do pontapé estimula a sua separação.

No dia 10 de julho, o pasquim de Aleixo, rebatizado O Carioca Militante, agora com quatro folhas, denunciou o levante cívico do dia anterior como reação da plutocracia paulista à perda de poder e aos direitos do trabalhador que, como a aurora, já se anunciam no horizonte, tal lhe tivessem passado de leve uma esponja embebida em sangue. A imagem é boa, disse Lélio. Bolchevismo, disse Álvaro. Sei o que fazer, disse Roberval.

Na porta do pasquim, um estudante discursou. Meus senhores, a vida de um grande centro urbano como São Paulo já obriga a uma intensidade tal de trabalho que não se permite mais dentro da magnífica entrosagem do seu progresso sequer a passagem momentânea de seres inócuos. Ergamo-nos todos una voce contra os miasmas deletérios que conspurcam o nosso organismo social e, já que a ditadura dilapida os cofres da nação e humilha a terra bandeirante, sejamos nós mesmos os justiçadores.

O grupo da avenida, seguido de justiçadores, menos Lélio, invadiu o sobradinho, quebrou a impressora, atirou as matrizes pela janela, incendiou os papéis.

Meu padrinho já estava doente, eu ainda usava calça curta, quando conhecemos o Escritor Paulista, mulatão claro, desengonçado, no escritório de Maugham. Aquela tarde, ao voltarmos para casa, um ambulante nos ofereceu uma luneta velha, provavelmente roubada, padrinho me deu de presente. Até reencontrar o Escritor, anos mais tarde, confundia sua cara com a desse camelô.

ESSES MOÇOS, POBRES MOÇOS   149

Quando completei dezoito, em 1926, tia Evelina escreveu a Maugham, na Argentina, pedindo para me arranjar uma colocação com seus amigos daqui, eu escrevia com correção e clareza, metia os dentes no francês e no inglês. Em menos de um ano, recebo uma carta do Escritor Paulista, faria uma excursão ao norte e precisava de secretário. Falava carinhosamente de padrinho Afonso, se lembrava de mim, me achara vivo e bonito. Me pagaria uma quantia fixa pelo trabalho e, se a viagem, por qualquer motivo, se estendesse, pagaria extra. Ele mesmo não ganharia nada, a ricaça que o convidara arcaria com todas as despesas, seu ganho era a aventura. Eu tão jovem, sem experiência, tive medo. Deu-me o emprego para agradar a Maugham, ou por se sentir devedor de padrinho, que, aliás, nas últimas semanas de vida, andava irritado com tudo e o tratou mal.

Fui encontrar a comitiva paulista na estação, mas só embarcamos, num vapor da linha do norte, quatro ou cinco dias depois. Abraços, apresentações, boas-vindas de seus amigos famosos, não fiquei à vontade. O Escritor era cortejado, não me levou a nenhum de seus encontros no Rio, nem eu iria. Padrinho chamava essa gente de botafogana mas, verdade se diga, nem todos eram burgueses afetados. O Escritor não era agradável ao primeiro olhar, mas seduzia ao falar, às vezes interminavelmente, ria aos borbotões, em outras ocasiões emudecia. Estava sempre como assustado, incompleto, dava patadas quando menos se esperava, depois se sentia culpado, ficava amoroso demais, meloso. Comigo nunca perdeu a paciência, embora lhe desse motivos. Padrinho Afonso não se daria bem

150 *Joel Rufino dos Santos*

com ele, teria me proibido de aceitar o emprego. O Escritor era um fresco, perdia tempo demais com briguinhas. Respeitava a rainha do café, que pagava tudo, mas pelas costas falava mal das sobrinhas, metidas e superficiais. Uma se chamava Dolur, apelido Trombeta, a outra Mag, ou Balança, por aí se vê. Eu as achava sem graça, mas deviam ser cobiçadas no seu meio, fútil e insensível. Meu trabalho era copiar anotações do Escritor, exceto as do diário pessoal, classificar os livros e presentinhos que ganhava ou comprava. Havia coisas úteis, mas muitas não valiam a pena. Um dia lhe falei isso, me fechou a cara.

Duas coisas fizeram falta na vida de padrinho Afonso, mulher e viagem. Namoricou algumas, como a Aurora do açougue, copulou com muitas profissionais, mas noiva, esposa passou longe. Das duas vezes em que viajou, uma foi a Oblivium, e voltou frustrado pelo que não fez.

Considero-me de gênio fácil, mas não fiz um amigo nessa longa viagem. No começo, a rainha do café e as sobrinhas me trataram como um moleque da fazenda, traz o chá, pegue a máquina fotográfica, vá no camarote buscar minha sandália, depois o Escritor terá lhes explicado minha função, aí não me dirigiram mais a palavra. Uma das sobrinhas, para me humilhar, chegou a trocar de roupa na minha frente, em Iquitos, quando todos estavam em terra, menos nós dois. A outra, fazendo graça, perguntou ao Escritor como se sentia sendo o único homem da expedição. Não podendo me ver como escravo, se recusavam a me ver como homem. Sou um crioulo que olha de cima, como ensinou o homem que me adotou.

Eu teria aproveitado mais essa viagem, se me importasse menos com gente e mais com natureza. Em Maceió, contrataram como carregador um caboclo da minha idade, analfabeto e forte. Chamavam-no de Nilton, mas me contou que era, de fato, Neutro, homenagem do pai aos países que não participaram da barbárie da Grande Guerra. Incomodava-me seu olhar para as mulheres, inclusive a rainha do café, madura, sem graça. Neutro era um tarado, só disfarçava a tara por medo a patrão ou polícia. Aliás, sobre a rainha do café, acho que as relações dela com o Escritor ultrapassavam a admiração mútua, eu os espreitei algumas vezes.

Se algum dia eu escrever sobre essa viagem, falarei mais de Belém. Faço minhas as palavras do Escritor, "Belém foi feita pra mim e caibo nela que nem mão dentro de luva". Quando o Pedro I saía de novo para o mar alto, vendo as luzes da praia distante como uma gambiarra de São João, lembrei que padrinho acreditava só ser feliz no Rio. Bobagem, a começar que ele não era feliz em nenhum lugar, vendo tanta pobreza e infortúnio à sua volta. Nisso, puxei a ele. A insatisfação que me acompanha todo o tempo, entranhada em mim, é repúdio à injustiça social. Espero ter forças para combatê-la todos os dias da minha vida. Não compartilho dessas ideias de arte pela arte, ciência pela ciência que muitos têm hoje, o que não é o caso do Escritor, apesar de suas frescuras. Seria ele, aliás, um invertido sexual? Não pude tirar essa dúvida. Numa das paradas, se aproximou uma canoa com três mulheres seminuas, a mais nova era simplesmente sublime. Os machos paulistas, isto é, estrangeiros, enlouqueceram, pagariam qualquer preço para rasgar numa cabina, ou quarto de pensão, aquele vestidinho estreito de cassa branca. Compreendi ali a cisma de meu padrinho com a defloração de moças de cor. Neutro se manteve neutro, não se excitava mais com caboclas, mais tarde, no tombadilho, contou, descaradamente, das milhares de vezes em que se passou por boto. Aliás, essa é uma das mais sinistras crendices daquele pobre povo. Simpatizo com algumas, era meu trabalho anotá-las, mas não mudo minha opinião. Há leprosos na Amazônia que se deixam morder de cascavel como cura. Voltando à excitação, noto que me excita mais a carne branca, exacerbada por saias e botas pretas, como usavam as duas sobrinhas, mesmo no calorão do rio, ou nas recepções à rainha do café, mais que a pele morena.

Em Parintins, embarcou o maior farsante que conheci, subiu o portaló distribuindo cartão, Avonildo de Sá Gertrude, Doutor em Etnologia por Louvain. As sobrinhas e o Escritor se apaixonaram por ele. Não trazia bagagem, apenas uma mochila fedorenta e um orgulho insuportável de ser humilde. À noite, enquanto o barco deslizava, ia contando o que vira no mundo verde, agora tenebrosamente escuro. Que vivera numa tribo em que se andava de quatro na parte da manhã, ao meio-dia sobre as duas mãos e só à noite como nós. Que as amazonas de fato existiam, fora levado até elas por um amigo paacaá através de um igarapé secreto, vinte e tantos dias de viagem, e que cortavam de fato um seio para encaixar a lança. Que quando regressou, já levando dois dias de canoa, deu por falta de uma caixa de fósforos, fez meia-volta e exigiu da cacique que a devolvesse. Balança indagou se o problema era moral, "Não, senhorita, é da técnica etnográfica, se não nos fazemos respeitar entre os selvagens que amamos, estamos fritos". Trombeta perguntou por Eldorado, ele respondeu, ajeitando os oculinhos, que estivera perto, mas o acesso era para iniciados do Grande Xamã, não estava à altura. Vendo pular um peixe-boi ao luar, contou que tirou do estômago de um, certa feita, duzentas e nove garrafinhas de uísque, oitenta e tantos cachimbos, o esqueleto de vários indiozinhos. Neutro o olhava da sombra, com inveja, o etnógrafo certamente levaria para a cabine uma das sobrinhas, talvez as duas. Cansado de lorotas, o Escritor se recolhia, passando antes na cabine da rainha do café, talvez insone.

Impressionei-me com o Amazonas, mas não a ponto de chorar, ou simular, como as duas sobrinhas. Não consigo esquecer o drama humano do caboclo maleitoso vivendo de peixe e coco na floresta imensa, tão imensa que faz brilhar com mais força o contraste. Tínhamos uma amostra desse drama na terceira classe de nosso vaticano, abaixo de nós, um calor dantesco, uma mosquitada que só se atravessava a tapas ou facão. Numa das paradas, entraram duas crianças com diarreia, o pai sentou-as com as bundinhas para fora, vão fazendo no rio até morrerem, é o que vai acontecer. Um médico, que vive puxando o saco da rainha do café, arranjou uma desculpa para não descer à terceira classe, o comandante outra para não as deixar subir. Deve ter sido assim nos navios negreiros. E nossa comitiva, vestida de linho branco e chapéu-chile, de risinhos com nababos nortistas, ouvindo histórias de boto. O Brasil terminará mal, podem crer. Não lhes tenho ódio, fique bem claro, mas juro lutar toda a minha vida contra eles e seus privilégios. Não creio em Deus, mas lhe peço me dê vida bastante para tal. Mais uma: a nossa comida, na base de costela de tambaqui e guisado de tartaruga, é mil vezes melhor do que a boia lá de baixo, praticamente peixe com farinha-d'água, que é grossa, sem gosto. Eles a compensam com um mingau de açaí e outras frutas, cujos nomes anotei para o Escritor. Aliás, ele e as meninas fingem em público gostar de açaí.

Suspendo aqui esse relatório de viagem para meu próprio uso. Estou em São Paulo, ainda empregado do Escritor, mas vou deixá-lo. De certa maneira aprendi a admirá-lo, é um socialista livresco. Perto de Óbidos, se mal me lembro, avistando um jacaré engolindo um pato, me veio com uma conversa sobre iluminação budista. Não se pode contar, na prática, com um cheirador de éter e cocaína. Ao me despedir, abrimos o jogo.

O dinheiro que ganhei na expedição, mais uma doação do Escritor, da rainha do café e suas sobrinhas, há de ser o parto dialético de um órgão de luta, O Militante Carioca, ou O Carioca Militante, ainda não sei. Sua consigna será a denúncia da opressão de classe, onde quer que se encontre. Talvez peça ao Escritor, no primeiro número, um testemunho das misérias que vimos. No segundo, publicarei trechos da conferência sobre o destino da literatura, que meu padrinho não fez em Oblivium. No túmulo, se orgulhará de mim.

Ao permitir um jogo de bola após o rancho, cabo Washington não sabia a confusão em que se metera.

ESSES MOÇOS, POBRES MOÇOS   155

A bola surgiu do nada, solteiros e casados se separaram, as mulheres, na maioria meninas, torcendo antes de o racha começar, aleguá-guá-guá, vai com tudo, escote, olha a bicheira, miúdo, é canja, é canja de galinha, arruma outro time pra jogar com nossa linha, embora nem linha houvesse, apenas dois bandos de quinze, brigando pelo gol sob uma nuvem de poeira. Com menos de meia hora chegou o tenente Roberval, mandou lhe trazerem a bola, a abriu de cima a baixo com faca, quem fosse jogador mudasse para o batalhão esportivo. Resmungos, pedidos de desculpas, tenente, garanto que não se repetirá. Roberval cresceu, além de pretos são vagabundos, por que não pegam um livro, não me procuram para uma conversa elevada, a legião precisa dar exemplo, expulso o primeiro que jogar bola, baralho, beber cachaça. O pescoço inchou, somos pretos e não nos respeitamos, os causadores da nossa situação somos nós mesmos, os brancos fazem por si, vejam os judeus, são unidos, onde tem um necessitado aparecem os outros para ajudar, não dando dinheiro, não é próprio dessa raça, mas fazendo sociedade, acumulando juntos, se o negro se mirasse no exemplo do judeu, que não joga bola, nem bebe cachaça, nem faz filho com pobres coitadas, estaríamos noutra situação, ninguém foi mais perseguido e humilhado que eles, como chegaram a dominar o mundo?

Daí a quatro dias foi obrigado a voltar atrás.

O comandante lhe comunicou que o sargento Artur Friedenreich visitaria a legião. Do próprio bolso, Roberval comprou uma bola nova, mas deu um jeito de faltar à ilustríssima visita. Improvisaram uma arquibancada, a banda atacou boogie-woogle, depois os hinos brasileiro e paulista, Fried discursou, minha mãe é preta, nasci na Luz, me criei no Bexiga, poderia estar neste glorioso batalhão, auguro um belo futuro para o homem de cor no futebol nacional, olha o Jaguaré, olha o Fausto, o melhor de todos, não é por que está do lado da ditadura que não reconhecemos, quando joguei na França deram a este humilde paulistano que vos fala o título de ruá do futebol, mas o que mais me orgulhou foi o epíteto le dangê, o perigo, serei de armas na mão, podem crer irmãos de cor, um perigo para as tropas da ditadura. Fez embaixada, deu o pontapé inicial.

Terminada a peleja, em que mais uma vez se enfrentaram solteiros e casados, agora de camisas e chuteiras, Maria Soldado serviu um banquete para Friedenreich. Aprendera a cozinhar na fazenda de Oliveira de Macedo, se sofisticara antes do glorioso 9 de julho com Dona Olívia Penteado, tendo ido, graças ao elevado mister, duas vezes à Europa e uma ao norte. Na comitiva do batalhão desportivo vieram também Junquerinha, ponta do São Paulo da Floresta, Giotto, goleiro do Palestra, O Flecha, comprado ao Andaraí, do Rio, pelo Paissandu, alguns outros de menor expressão, embora não de qualidade e, para eles, mais o comando da legião negra, Maria Soldado serviu um virado à paulista, adequado à guerra cívica. Para os jogadores, na mesa comprida de pau ao lado, se serviu feijoada, não de feijão preto, carioca. O craque foi apresentado a Palmyra Calçada, madrinha da legião. Vitório Ferreira, o líder maior dos negros em armas, discursou com o braço sobre as espáduas de Fried, nossa vida não será a mesma depois dessa guerra, São Paulo reconhecerá o sangue que havemos de derramar.

Naqueles dias calmos, em comparação com os da guerra propriamente, aconteceu que um sobrinho de Maria Soldado, Antônio Lupicínio, foi pego na dispensa da legião. O sentinela sentira cheiro de maconha, acordou o cabo Washington, que trouxe Maria Soldado, ela entrou em prantos no cafofo, só me diga uma coisa, filho, você estava roubando? Pela diamba não reclamo, nem me enfureço, mas se estava roubando te parto a cara, um verdadeiro preto morre de fome mas não rouba, se tua mãe não te ensinou ensino eu. Pediu a palmatória de cabo Washington, partiu para o garoto.

Cafuné desprezava o pai. Sempre o vira capacho, fazendo de tudo, encerar casa, cuidar de criança, levar recado, ajudar em mudança, carregar bolsa de feira, mala para a estação, caçar coruja no forro, rato no porão, desentupir banheiro, limpar fossa, lavar garrafas. Estava sempre ao lado, não precisavam chamar, cadê Aristóteles, onde anda esse rapaz, traga ele aqui em meia hora. Estava sempre em algum quintal, cozinha, praça, poste, vivendo do que davam, um extra no natal, no são joão, no carnaval. Garantia que ia devolver em breve o que devia, pedia papel e lápis, o senhor fique aqui com a data e o valor que lhe devo. A Cafuné incomodava nessas horas seu beiço úmido, a mão gordinha anotando a dívida.

Num galpão da Freguesia do Ó, Cafuné aprendeu a gatunar bolsas e carteiras. O esparro era um boneco de guizos pendurado do teto. O instrutor lhe dava um tapa toda vez que um guizo soava. Foi o vento, se justificava Cafuné. Cala a boca, dizia o outro, só se foi vento do teu peido. Preso na plataforma de Jaçanã, aniversariou os quatorze anos numa cela do instituto disciplinar. O pai conseguiu tirá-lo, deixou-o na casa da tia cuja arma contra o vício de roubar, aperfeiçoada por gerações, era a palmatória, a férula, a menina de cinco olhos, a palma, a pavana, a santa-luzia, a santa-vitória. As falanges de Cafuné por muito tempo ficaram imprestáveis, inclusive para o vício que se sabe. Moravam em um puxado no quintal da Força Pública. Para prendê-lo em casa, antes de sair para o trabalho, a tia lhe escondia as calças. Ao meio-dia, só de calção, sua obrigação era lavar o banheiro do batalhão. À noite, a esperava do lado de fora, chupando o dedo polegar enquanto a tia brincava com seu soldado.

Fim de semana recuperava a roupa, podia ir à cidade sentar no Anhangabaú, beber groselha com gelo picadinho. No décimo quinto aniversário, a tia lhe deu cinco calções puídos com a marca da corporação, causava inveja nos rachas. Era muito feliz. Achou emprego de carregar latões de lixo num restaurante chinês. Aprendeu a cartear, foi recrutado pra coisa melhor. Enquanto ele esperava fora, o comparsa entrava numa loja, saía e deixava cair um embrulho como senha, Cafuné entrava com uma pistola de brinquedo. Dava certo, mas não era a sua vocação. Queria ser ladrão, surrupiar, subtrair, bispar, gadanhar, empalmar sem violência. No Jardim da Luz conheceu um russo maneta que ensinava sem bater, cobrava comissão razoável e quando ia mijar ordenava lhe abrissem a braguilha. Era tranquilo. Um dia o russo foi atropelado, morreu. Naquele dia explodiu a revolução cívica. A tia lhe ofereceu trabalho na legião negra, seu soldado fora promovido a cabo. Só ela o chamava pelo nome, no quartel era Cafuné ou Paulistinha, a marca do cigarro mata-ratos que o batalhão recebia em doação e ele repartia em dois para vender. A vida era bela.

Em menos de uma semana montaram o hospital de sangue na antiga fazenda Solar dos Turcos. Reverendo Elisha nunca vira paisagem tão harmoniosa, a casa-grande na interseção de morros suaves como um sol de desenho infantil. Foram cobertos de café, lhe disseram, a riqueza do país. Quando menino estivera com o pai nas plantações de tabaco da Carolina, ele não lhe disse *é a riqueza do país*, mas *é a riqueza do sul*. Sentira o mesmo que nesse lugar, uma tristeza furiosa que nem a glória dos santos abrandava, um verdadeiro cristão não se orgulharia do que houve aqui.

A sala principal da casa-grande fora protegida com travões e uma sentinela e, somada aos quartos, muito compridos, servia de enfermaria, o sótão de farmácia e centro cirúrgico. O que se fazia era tirar e botar sangue nos heróis feridos, limpar buracos de granada e fuzil. Na antiga senzala, que dava direto para o cemitério, os desenganados gemiam em esteiras.

160   *Joel Rufino dos Santos*

O reverendo descobriu por acaso o tráfico de perneiras. Sabia da indústria de bônus, do desvio de cigarros doados aos milhares a cada semana, os melhores para os melhores batalhões de universitários. O comércio de coturnos e perneiras, porém, lhe pareceu vil. Um certo Paulistinha e outros meninos furtavam os equipamentos indispensáveis à caminhada no mato, os repassavam ao cabo que os revendia, por vezes, ao próprio furtado. Os oficiais, que oravam com Elisha de mãos dadas, faziam não ver. Até que um sujeito de sotaque estrangeiro começou a fazer perguntas e tomar notas.

Carlos Maugham não pensara em voltar ao Brasil. Não se abalaria de Sacramento, por dinheiro ou prestígio, mas pela curiosidade que o trouxera, em 1908, como correspondente da Associated Press. É verdade que, agora, bem-pago pelo principal jornal argentino e um chileno. Contavam que cobrisse o andamento da guerra civil, explicando em profundidade o seu significado e perspectivas. Não antevira, ele mesmo, em 1922, no ensaio sobre o centenário da Independência, que São Paulo se cansaria de pagar a conta?

Começou por entrevistar os líderes civis da revolução, na capital. Daí, seguiu para a frente do Paraíba, um pouco ridículo no costume cáqui que lhe pediram usar, sem farda, nenhum homem aqui é respeitado. A sede da fazenda Solar dos Turcos, município de Oblivium, que pertencera por acaso à família de seu desgraçado sócio editorial, o tabelião Isaías, caíra com

ESSES MOÇOS, POBRES MOÇOS 161

facilidade em mãos dos legalistas. Maugham soube da corrupção dois dias após a chegada, mas não era ingênuo de procurar provas no local, voltaria à capital para puxar o fio da meada. No caminho, soube pelo rádio do armistício, deu meia-volta, devia cobrir a desmobilização. Se surpreendeu ao ver que a legião negra não fora avisada, desconfiou de queima de arquivo, lembra a campanha de Rosas, que meu pai fotografou. Ouviu, em segredo, de um velho cego cinzento, que o desvio de cigarros e a revenda de perneiras eram o mínimo. O filé minhom eram armas e munição vendidas e transferidas ao próprio inimigo em cavernas da Mantiqueira. Como sabe disso, perguntou Maugham. Sempre tive ouvidos para insetos, respondeu.

Dia 3, depois de uma vista-d'olhos à mensagem codificada à sua frente, o comandante chamou o tenente Roberval, lhe ordenou, já são cinco horas, vai clarear a barra, recupere a sede da fazenda.

O padre e o pastor, já sabendo do armistício, convenceram o comandante a, pelo menos, soltar os presos, os inimigos e os próprios, como aquele rapaz, o Paulistinha. Tenente Roberval lhe vaticinou fim trágico, tiveste todas as oportunidades, roubaste teus próprios companheiros, não passarás nunca de um crioulo ladrão. Paulistinha, de olhos baixos, limpou o nariz, deixou o acampamento pela retaguarda. Quando o comandante pediu o cavalo, a ordenança lhe disse que um soldado já o levara para a baixada à sua ordem. Quem ordenou? Roberval compreendeu logo, passou na tenda, pegou munição de pistola e a palmatória, saltou no jipe do comando. Elisha perguntou aonde ia, por que levava a palmatória, esfriasse a cabeça, posso ir com o senhor?

A estrada contornava um capão, afundava no cafezal, na beira do rio Roberval desceu e farejou o ar, Elisha, apesar de serem da mesma altura, teve medo dos olhos quase verdes. E se tiver ido para a direita, perguntou Elisha. Não, não, sei que foi por aqui. Chegaram ao lugar Rio Triste, Roberval escondeu o carro, vai passar por aqui, temos todo o tempo do mundo. Por que não o esquecemos e voltamos ao acampamento, perguntou Elisha, o combate acabou. Meu combate é este, pastor. No ar claríssimo do vale ecoavam os tiros inúteis da legião negra. No chão de terra correu um preá. O sol esquentou. Tenha calma, sussurrou Elisha, é um menino. Roberval fez chiite! Com pouco cochilaram, o pastor despertou com um ruído que lhe pareceu de galinha ciscando, em cima deles estava Paulistinha com o fuzil apontado para a cara do tenente. Olha o que vai fazer, pediu o pastor.

O cego disse a Maugham que devia dar uma incerta na ala dos desenganados, vizinha ao cemitério. O que tem lá? Vá ver com seus próprios olhos. O que quer dizer? Que com os meus não será.

O jornalista subornou as sentinelas para entrar, havia agora catorze macas no lugar das esteiras. Além dos feridos da legião, havia doentes das fazendas próximas, três ou quatro crianças, uma índia de Rio Triste com quatro seios que herdara da avó materna. Em uma gaiola, ao fundo, resfolegava um animal que podia ser cachorro ou anta. Antessala da morte, era o único local asseado do hospital, enfermeiros de avental, um armário com instrumentos cirúrgicos, caixas metálicas de esterilização, provetas, coleção de seringas pequenas e grandes. A cozinheira lhe contou que a comida dos desenganados era melhor, e mais não podia contar, o lixeiro que tinha ordem de não enterrar os chumaços de pus e sangue, e só uma coisa mais podia contar, que os médicos os enfiavam nos olhos dos homens e na vagina da mulher, uma das sentinelas contou que abriam novas feridas nos já feridos, e se calava para sempre, o sargento, responsável pela enfermaria e o cemitério, que não eram da sua alçada, mas estava convencido, na sua modéstia, de ajudar a ciência médica, em boca fechada não entra mosca e, se algo entrava em seu bolso, não era mosca, o subenfermeiro que tratavam ali, oficialmente, de feridos da guerra cívica, mas também de indigentes sifilíticos, putas com gonorreia, crianças tuberculosas, que para pretos as injeções eram umas, para brancos outras, a cozinheira, lembrando melhor, que pingavam baba dos cães na sopa noturna, mas ela só cozinhava, não servia, que estes mesmos cães eram soltos, duas ou três vezes ao dia, para lamberem as feridas dos desenganados.

Maugham procurou Isabel, a enfermeira que montara o hospital de sangue. Ela lhe falou que fora afastada quando a comissão militar nomeou para a ala dos desenganados, no posto de major, o doutor John Charles Marino e, no de capitão, um administrador exclusivo, Dalambert. Contou que sua amiga Olga também havia deixado o sanatório Anamnésio ao saber que o médico se associara à mesma dupla de estrangeiros, suspendendo os procedimentos convencionais de repouso, alimentação e pneumotórax. John Charles Marino e Dalambert eram empregados do consórcio Universidade de Boston-Laboratórios Penicileus que breve porá nas farmácias de todo o mundo uma droga estupenda. Anônimos voluntários terão seus nomes inscritos na história da ciência, os vivos vivem dos mortos, foi sempre assim.

O médico sabia das experiências? Olga o procurou, o sanatório tinha agora sete pavilhões, cada um com seu jardim. O médico, ajoelhado, pediu perdão à amiga. Foi por dinheiro, perguntou ela.

— Essa pergunta me ofende.

— Se foi por gostar de histórias não precisava ser médico. Muito menos montar um hospital.

— Sofro de uma doença rara. Cliofilia, ou vício de Sheerazade.

— Em que consiste?

— Na salvação por meio de histórias.

— Agora está perdido. Queria se salvar a si ou a humanidade?

— Dá no mesmo.

Olga venderia caro o seu perdão:

— Então me explique.

— Tudo o que acontece já aconteceu.

— Filosofia barata.

— O que nos resta é contar histórias de nós para nós mesmos, infinitamente. Dançamos como palhaços sobre um precipício.

ESSES MOÇOS, POBRES MOÇOS   165

— Para perdoá-lo quero que me garanta que não sabia das cobaias humanas.

— Juro pelo meu amor.

— Qual?

— O que tive e perdi, serpe nervosa entre as nervosas serpes, carnívora bromélia da luxúria.

Terminada a guerra, levaram um dossiê ao secretário militar interventor. Para surpresa de Olga, se chamava coronel Iperoig. Nunca respondeu minhas cartas, ele reclamou, um braço sobre os ombros da mulher que amara. Nunca as recebi, justificou ela, algumas dessas rugas são do teu abandono. Numa das cartas pedia você em casamento. Eu teria aceitado. Ainda é tempo, brincou Maugham. Iperoig confessou saber das experiências no hospital de sangue, o governo da nova república pensara em interromper a monstruosidade, expulsar os americanos, depois se convenceu de que seria reacionário, junto da morte é que floresce a vida, andamos rindo junto à sepultura, a boca aberta, escancarada, escura da cova é como flor apodrecida, é loba que devora os sonhos, faminta, absconsa, imponderada, cega. Nunca soube, cortou Olga, irritada, que gostavas de poesia. Passei a gostar. Ele próprio fora em missão ao Panamá, aprendeu a relativizar o sofrimento que se faz pela ciência, se a lei norte-americana proíbe experimentos com humanos em seu território, fazem-nos aqui, na África, em Cuba, na Cochinchina, ganhavam eles e nós, a guerra é o motor das invenções, em alguns anos nosso povo não morrerá de sífilis, tuberculose, tifo, malária, pneumonia galopante, doença de chagas, barriga-d'água. Descendo a escada do palácio, o jornalista perguntou, a senhora disse que aceitaria casar com ele. Mentira, sou a solitária madona da fatal tristeza.

Nenhum jornal quis publicar a reportagem de Maugham, mal olhavam os depoimentos e as fotos. O interesse propriamente jornalístico, lhe diziam, não justifica chocar os leitores, não seria história de caipira as antas caninas ensinadas, que provas temos de serem as feridas provocadas, que são cobaias esses aleijados fotografados à pressa por um repórter argentino? Só o Las Últimas, de Tucuman, onde trabalhava uma amiga de Maugham, deu uma página, garantindo que pesquisadores estrangeiros, movidos a dólares, trabalhavam também sem controle no Paraguai, Peru e Patagônia. Aqui, só um pasquim, que fora empastelado no 9 de julho e renascera, mais ousado, O Carioca Militante, fez do dossiê um número especial, distribuído no país por militantes de uma aliança nacional libertadora.

Pobre médico, pensava Olga, como gostaria de compreendê-lo. Trepara com ele duas vezes, era demorado mas não lascivo, as carícias intensas que ela lhe fez lhe desataram o choro, o gozo forte o desesperava. A entrega do seu sanatório a experiências eugenistas acabaram com sua carreira. Passando um tempo, Olga recebeu uma carta, O sanatório está vazio, tenho doze pacientes, eu que já tive trezentos e tanto. Sou, para todos os efeitos, o cientista louco, eu que nem amo a ciência. Hei de me erguer. Conto com você, que me conhece e perdoou meu erro tremendo. Poderia me visitar? Sair não posso, tentei algumas vezes, me agrediram. O apartamento onde deitamos, deixei-o fechado, nunca o usei para alguém ou alguma coisa. Perdi a chave, mas você tem cópia. Queria estar contigo ali, uns minutos. Darei ordem às portarias, a central e a do pavilhão azul, para te deixarem passar. Venha ao meio-dia, quando o frio diminui, pedirei que nos sirvam o almoço naquela salinha de móveis claros que você decorou. Não me recusará essa prova de que me perdoou. A outra não me perdoaria nunca, sabe de quem falo.

Dos homens que tivera, dois ou três, a começar por Armando, amara como filha, os demais como mãe, Cavalcanti, antes de Armando, Coração, Iperoig, esse médico de coração partido. Queria convencê-la de que fora enganado, tinha prometido lhe abrir os convênios, a contabilidade do sanatório. Não precisa, dissera.

A chuva fina borrava os janelões de vidro, lhes dava a cor dos pavilhões. Olga cruzou com um único vigia, encapuzado, de galochas, sentiu uma pena grande do médico, jurou que o ajudaria a recomeçar, não devia tê-lo abandonado, sofria de uma doença rara. A porta do anexo estava encostada, esperava-a com documentos, com poesia, cairia no choro, afundaria em lembranças, arrastando os pés lhe faria um café na máquina dada pelos americanos, desembaçaria a vidraça com a manga do sobretudo inglês. No topo da escada, Olga hesitou, depois de tanto tempo, qual a chave do apartamento, qual a do banheiro. Bateu de leve. Cheguei primeiro, como sempre. Augusto balançava do teto.

OS COMBATENTES

O homem e a mulher esperavam na antessala chamada para a entrevista.

Eram ambos magros, ele saltitante, ela absorta. Não cruzavam olhares, sabendo que competiriam pela mesma vaga. Se chegou até aqui, pensou ele, não é ignorante. Se chegou até aqui, pensou ela, deve saber história do Brasil. Fazia frio, ela usava meias soquetes. Entrou um funcionário com boa notícia, resolvemos abrir mais vagas, os senhores não precisam se preocupar, os dois serão contratados. O homem e a mulher sorriram. O funcionário saiu, ela fez uma confissão, precisava tanto desse emprego, meu marido está preso, tenho dois filhos. Se eu ganhasse a vaga, disse ele, renunciaria para a senhora assumir. Eu não aceitaria, tornou ela. Qual é a sua graça? Antonella Pereira, e a sua? Antônio Pereira. Que coincidência, é o sobrenome do meu marido.

Começaram a trabalhar no mesmo turno. Ele partia para leste com um grupo de turistas, ela para oeste. Mostravam quadros, espadas, escopetas, peitorais, tricórnios, báculos, cama do rei de São Paulo, medalhas, esporas, taças, redes, trempes, canoas, chicotes de dar em índio, ferretes de marcar pretos, forquilhas de agarrar onça. Eram sérios. Para encerrar, os guias com seus grupos se encontravam na sala em que só havia um quadro. Era grande. É de Pedro Américo, apontava Antônio Pereira, retrata, como podem ver, o momento em que dom Pedro, pelas quatro da tarde, grita laços fora, soldados, a hidra do colonialismo está morta, independência ou morte, mas não acreditem, não havia naquele tempo qualquer sistema de gravação, nem fotografia, o que ele quis dizer foi independência com morte, pois em breve se veria nos campos do Pará e da Bahia massacres de verdadeiros patriotas pelos esbirros de Lisboa e Londres, este que veem no centro do quadro, erguido sobre o cavalo, imitando Napoleão, é ele. O do cavalo branco, perguntou uma turista. Não, esclareceu Antonella, o do cavalo marrom, bem no meio. Dom Pedro era um estroina, retomou o guia, e de fato montava uma mula perebenta. O que é estroina, perguntou um escoteiro. Desmiolado, pazzo, esclareceu Antonella. Ela secundava sempre o colega, olhando-o por baixo dos olhos com admiração. Não creiam em grandes homens dizendo grandes frases, são invenções da classe dominante para iludir o povo, dom Pedro estava com caganeira e, não sei se sabem, a razão da Independência foi que o governo português o chamava de rapazinho. Então somos independentes por uma birra, perguntou a mesma turista. Somos, secundou Antonella. Estão vendo aquele preto no canto de baixo, à esquerda, puxando um carro de boi?, simboliza o povo brasileiro, estupefato com a farsa que ali se encena. O senhor está dizendo que a proclamação foi uma farsa, insistiu a senhora. Foi, garantiu Antonella. Era um escravo, prosseguiu o guia, que vinha semanalmente de Mato

Dentro carregando milho para a capital, tinha marca do dono no peito. Mas o senhor não disse que o quadro era uma invenção? É o que nos dá direito de inventar também, respondeu Antônio Pereira, é hora de encerrarmos a visita, boa-tarde, feliz regresso a vossas casas.

Visitantes se queixaram, o diretor mandou chamá-lo, o senhor não está aqui para inventar histórias. As histórias são a alma da história, se defendeu. Se receber outra queixa, serei obrigado a exonerá-lo, a partir de hoje fica proibido de apresentar o quadro de José Américo.

Aquela tarde, Antônio Pereira convidou Antonella para um café, ela recusou, mas permitiu que a acompanhasse à casa. No bonde lhe contou da filha que passara do ponto de nascer, ela e o marido clandestinos, sem parteira, eis o resultado, aos dez anos Maria Quitéria não andava nem controlava a cabeça. Por um ano, Antônio levou Antonella em casa. No trajeto do bonde ficavam em silêncio, ela saltava, ele seguia até o fim da linha. Uma tarde de chuva, como ficara em pé, prendeu um joelho dela entre as pernas. Está calor, disse ela, se abaixando para tirar as meias. No Natal, o convidou para cear em casa, ele ponderou que mancharia a sua reputação. Não me incomodo, ela secundou, já estou falada. Na casa de vila, conheceu os filhos de Antonella, o menino que vendia jornais, a menina que nunca andara. Ele trouxe vinho e avelãs, ela fez cuscuz e arroz-doce. Pediu para ir ao banheiro, ela inspecionou antes de abrir, o trinco quebrou, mas fique à vontade. Quem usaria a toalha no gancho atrás da porta? Perto do chuveiro, só viu uma bucha, vou lhe comprar de presente uma caixa de sabonete, pensou o doido de Sorocaba. O chuveiro pingava, mandarei consertar. Era resoluto. Ao se despedirem, ela disse, vagou um quartinho na casa do lado. Qual casa, Perereca perguntou sentindo seu hálito quente. A mesma que papai alugou quando chegou da Itália.

Certo dia, no ponto do bonde, um sujeito de chapéu quebrado abordou Perereca, posso lhe roubar a atenção um minuto? Falava educado. Sou militante da Nova Sociedade Republicana Contempladora. Não conheço, disse Perereca, medroso de polícia. Confesso que algumas vezes fiz a sua visita guiada, acompanho o seu trabalho, se encaixa perfeitamente em nossa finalidade. Qual finalidade? Não sei. Mas o que fazem? Reescrevemos obras da história pátria. E eu com isso? Por exemplo, a história do carreteiro que vem toda semana de Mato Dentro trazer milho e assiste ao grito do Ipiranga é ótima. Mato Dentro hoje se chama Oblivium, não sei se sabe. O senhor ouviu falar nas sombras de Platão, são os vultos históricos, trocamos por gente. Escrever não é comigo. Isso é conosco, o senhor só inventará.

Rio, meados de 1935

José Pereira, filho de Geromo, teve certeza de que seria pego, hoje ou amanhã.

OS COMBATENTES 173

Numa pensão da rua do Senado, antes de ferrar no sono, imaginava numa mancha do teto o mapa da Rússia. A dona lhe cortara as refeições, vigiava-o para não escapulir com a mala, tenho um amigo delegado, para o seu bem não me dê calote. Uma tarde, antes do jantar, dois esbirros metem o pé na porta, a guerra para ti acabou, subversivo de merda. A dona foi empurrada, balançou a peitaria, quer ir também, vaca portuguesa? Arrastaram Pereira pela rua, o soltaram na esquina. Não eram tiras, mas um golpe manjado que o herói Bakunin dera na polícia de Viena.

Tinha um apoio em Charitas, um ex-jornalista experiente, não deixaria de socorrê-lo. Atravessou o centro em direção às barcas. Parou um minuto, espiou um burro atropelado, podre, coberto de moscas. Seria seguido? Parou num quiosque, comprou jornal, andou em círculo como aprendera na Mooca, entrou no salão de embarque. Um soldado do exército se plantou atrás dele, lhe sentia o hálito. Examinava José Pereira, em dúvida se estaria armado. Ao entrar na barca cairiam sobre ele, o arrastariam aos socos para o Morro de Santo Antônio. Vinte e sete vezes já passara por isso, desde a bolsa com dinamite na Mooca, ainda de calça curta. Combinara consigo que não voltaria a gemer com agulhas sob as unhas, não dormiria em folha de jornal à espera de ser acordado pra levar pancada. Tramou um contraplano, quando a massa andasse para o embarque se jogaria no mar abraçado a um daqueles blocos de cimento do cais, acabou-se o amigo do povo, o comunista de aço será pasto de peixes. Com o rabo do olho viu o soldado beijar a namorada.

Um meganha inocente abraçado a uma menina amarela com brincos de argola. A massa se bifurcou na estátua do Araribóia, nenhum comunista gostava do índio que recebera terra na própria terra para combater pelos que lhe tomaram a terra. O soldado e a namorada foram para um lado, José Pereira para outro, comprou jornal, pegou bonde, em Charitas se afastou da praia por um areal. Indagou por certa rua, o senhor vai toda a vida por aqui, explicou a moça de trouxa na cabeça, vai achar uma venda, depois uma ponte, depois um barracão abandonado, depois vai ver uma pedreira assim do seu lado, não do direito, do esquerdo. No portãozinho de madeira azul bateu palmas, um chalé sombreado, jaqueiras muito velhas atrás, no oitão uma carcaça de barco, toras, serrotes, ripas, pregos. Um menino loiro, dez anos por aí, atendeu. É a casa do engenheiro? Espere aí. Abriu o portão, deram a volta na casa, um sujeito estava deitado no chão, meio-corpo sob o barco, a pala do boné lhe cobria a cara, José Pereira tirou o chapéu, o outro tirou os pregos da boca, às suas ordens, companheiro.

No fim da tarde, José e Aleixo entravam algemados no Morro de Santo Antônio.

Elisha vai uma vez por mês ao colégio batista pegar correspondência. Não tem saudade do Harlem, a mulher morrera, a filha virou pregadora, se as encontrasse não pediria perdão. Jonas fugira e fora castigado. O filho, Ezekiel, escritor, veio ao

OS COMBATENTES **175**

Rio buscá-lo, Elisha o convenceu de que era outro, as cortinas empoeiradas, o café da manhã sem café, a neve fofa, as irmãs de casaquinho vermelho e botões doirados aconteceram a outro homem, noutro tempo, noutra cidade. Elisha era esquecedor.

Ao descer a rua passou por um sujeito de chapéu. Tinha andar conhecido. Antes de dobrar a esquina, foi chamado, reverendo Elisha! Tinham a mesma altura. Você não mudou nada, disse um. Nem você, disse o outro. Vamos beber alguma coisa, convidou Calvert. Continuo crente, nem em sonho. Calvert contou que viera ao Brasil havia cinco anos, em missão política, casara e adotara o Brasil. E fala espanhol? Pego na mentira, explicou que a família materna era panamenha. Trocaram endereços. Deve ser falso, pensaram ao mesmo tempo. Calvert usava sapatos caros, terno de linho, gravata-borboleta. Era elegante. Elisha, terno escuro, lustroso nos cotovelos, curto nos punhos.

Daí a alguns domingos viu do púlpito Calvert entre os fiéis. Nada tinha contra aquele conterrâneo reencontrado tão longe, podia aceitá-lo, lutara até o fim contra a execução de Geare, simpatizava com negros. Seria ateu como Richard, o escritor que os apresentara, mas Elisha fora desprezado por batistas em Americana, vira padres roubarem do exército, não era mais puro.

Foi comprar uns móveis com Isabel no centro do bairro, deu com Calvert cochichando com Jacó no fundo da loja. No carnaval, o viu passar fantasiado em frente à igreja. No domingo, reapareceu no culto, explicou que tinha nome falso nos Estados Unidos, devia compreendê-lo, se chamava de fato Dalambert. E olha, Elisha, quem investigou a violação e assassinato de Mildred foi um advogado do nosso próprio partido. O mesmo que defendeu Geare? O mesmo.

Calvert, ou Dalambert, frequentava as domingueiras da escola de samba. Abestalhado, camisa de seda aberta, olhava as pastoras dando voltas, bebia parati, apurava o ouvido para o violão de Antônio Lupiscínio, o senhor toca o instrumento em pé no ombro, como só vi em New Orleans. Lupiscínio, que fora Cafuné na infância, Paulistinha na guerra cívica, subira na escola, compositor, diretor de harmonia, braço direito do chefe bicheiro. Esticava o cabelo, em ocasiões vestia linho branco, chapéu, comandava pastoras com uma vara no sovaco, falava com jornalistas. Não roubava mais. Cultuava um deus cornoide, morava no morro com duas mulheres, batia nelas quando mostravam ciúme. Nos dois lados da porta tinha espadas de são jorge e bananeiras de xangô.

Almoçava alguns domingos em casa de Elisha e Isabel, não entro para a igreja porque gosto de pinga. Não precisa, absolvia Elisha, você é bom como um cordeiro. Falavam de Olga, mme. Tolosi, que não recriminava ninguém, ensinara a Isabel que a vida não se leva a ferro e fogo. Amara alguns homens, o padrinho, o pai, Coração dos Outros, Iperoig, se entregara a vários, não se sujeitara a nenhum, tinha medo do mato, se sentia espreitada, não acreditava em deus, tocava piano, seu prato era cozido espanhol com paio e maxixe. Tinha um velho amigo médico, que se matou.

Os velhos pais de Jacó passavam as tardes agarrados. Vendo-os pela janela, os vizinhos falavam mal, com o pé na cova fazem sacanagem. O menino explicava que os pais se abraçavam por conta do frio. Até que ele próprio se tornou um réprobo. Abriam a fossa da vila a cada dois anos, a merda ficava a céu aberto, meninos e algumas meninas vinham correndo, pulavam por cima. Jacó falhou. Embora lavado e esfregado muitas vezes, não foi mais convidado a festas, não lhe permitiam entregar marmitas. Teve de se juntar a vadios e engraxates. Um começo de noite, seu escudeiro Procópio o levou ao beco das moças, Jacó se interessou por uma gorda de cabelo longo. Procópio lhe recomendou que a esquecesse, era viciada, se olhasse bem, por sob a camisola com que se exibia na janela, veria marcas de ferida, uma cicatriz de navalha na bunda, não tinha os dentes de cima. Se chamava Otília. Não é verdade, lhe disse Procópio, seu nome verdadeiro é Maria da Penha. De onde você a conhece, perguntou o apaixonado. É minha prima.

FIM

Rio de Janeiro, ano 2000

Paulistinha parece não ver a fila de viciados que sobe e desce a escadaria.

A vista nublada dá pra pouco, há muitíssimo tempo se satisfaz em assistir, dentro de si, à caravana de mortos. Os caravaneiros não falam, olham-no como surdos ou idiotas. Lá vêm os sem-vergonhas e os envergonhados, as putas e as não putas de blusas afogadas, as floristas de cemitérios cheirando a gerberas, os coveiros com pás e os coveiros com as mãos, os atormentados por versículos da Bíblia e os por carrapatos, as visitadoras de marido preso e os barqueiros que as conduzem à prisão, os que fugiram e os que ameaçaram, os que acenderam velas e os que arrancaram unhas, os que têm rabos no corpo e dentro da alma rabos, os que deram em mulher e os que em nada deram, juízes, sargentos, príncipes da coca, lesmas da terra, fantasmas do vácuo, médicos e freiras, ordenadores de pedras, nababos da Paulista, condes da laranja, lobos, tigres, chacais, camelos, elefantes, hipopótamos, ursos e rinocerontes, leopardos e leões, panteras acirrantes, hienas do furor, membrudos mastodontes, tradas feras do mal, soturnos dromedários, serpentes colossais rastejantes na treva, monstros, monstros cruéis, medonhos, sanguinários, mortos ou por morrer.

De manhã à noite, se senta ali, ninguém vem chamá-lo, entra vovô, sai do sereno, meu velho, olha que já começou o tiroteio, tio. Arrastaria os pés inchados, frígidos, coçaria os tornozelos redondos, giraria a tramela que segura a porta de zinco.

Então, quando o câmera assestou as lentes na sua cara e a repórter lhe pediu um depoimento sobre a vida do negro nesses cento e vinte anos de abolição, Paulistinha respondeu que não era negro. A moça achou graça, refez a pergunta, o senhor como membro mais velho dessa comunidade. Não sou dessa comunidade, resmungou. Um pouco sem graça, ela recomeçou, o senhor poderia dizer aos nossos espectadores qual a sua profissão?

— Ladrão.

A moça, que subira ali meses atrás, não para produzir notícia, mas para comprar cocaína, acompanhada não desse palerma que segura a câmera, mas de um namorado de sangue araucano, pensou nesse momento, como tantas vezes, em largar o trabalho, mas não a emissora. Ainda tentou, soube que o senhor é pai de santo, pode nos contar como é isso numa situação de risco como a que se vive aqui em cima? Foi quando se ouviram pipocos na parte alta do morro, a repórter se abaixou por reflexo, o câmera girou a máquina para a escadaria, um moleque desceu correndo. Paulistinha começou a rir com vontade, a boca sem dentes. De que o senhor está rindo, pergunta a moça. Quando se ouvir novo pipoco, ela se abaixará. Ele não responderá.

Impresso no Brasil pelo
Sistema Cameron da Divisão Gráfica da
DISTRIBUIDORA RECORD DE SERVIÇOS DE IMPRENSA S.A.
Rua Argentina 171 – Rio de Janeiro, RJ – 20921-380 – Tel.: 2585-2000